一 个 短 篇

就 是 一 个 世 界

大双心河

［美］欧内斯特·海明威 著

刘子超 译

目录

大双心河 I	1
大双心河 II	17
三天大风	35
过密西西比河	57
拳击手	63
越野滑雪	81
阿尔卑斯牧歌	93
祖国对你说了什么？	105
一个人的金丝雀	125
一个非洲故事	135
乞力马扎罗的雪	157

大双心河 I

火车沿着铁轨继续前行,绕过一座烧焦的山丘后,消失在视野中。尼克坐在被行李员扔出车厢的帆布包上。小镇没有了,只剩下铁路和遍地焦土。塞内镇街边的十三家酒吧已经荡然无存。大厦旅馆的地基凸出地面,石头被火炙烤得开裂了。整个塞内镇所剩无几,连地表都被烧掉了一层。

尼克的目光掠过被火烧过的连绵山坡,想在那里找到镇上散落的几栋房子,然后便沿着铁轨去寻找河上的桥。河依旧在那里,水流在桥墩周围打转。尼克俯身观看,河水清澈见底,河床上的卵石把水映成褐色。鳟鱼在奔腾的水流中挥动鱼鳍,努力保持平衡。他目不转睛地看着它们敏捷地调整姿态,以便在急流中重新稳住身体。尼克看了许久。

他看着它们将鼻子伸进水流,保持稳定。在木头桥墩的阻力下,平滑的水面隆了起来。透过凸镜一般的水面远远望去,那些湍急深水中的鳟鱼稍稍有些变形。尼克起初并未注意到,有大鳟鱼待在水潭底部。后来,他在水流激起的沙石迷雾中看到了它们,正努力将自己保持在铺着卵石的潭底。

尼克从桥上望着河水。天气很热。一只翠鸟飞向河流上游。尼克已经很久没在河中看到鳟鱼了。它们看上去很惬意。当翠鸟的影子从河面掠过时，一条大鳟鱼向上游射去，形成一道长长的弧线，那是影子的弧线，当鳟鱼露出水面，影子随即消失在阳光下。然后，它再次潜入水中，影子仿佛也随着水流，毫无阻力地漂向下游，回到桥下原来的位置。在那里，它迎着水流，绷紧身体。

鳟鱼移动时，尼克的心突然一紧。从前的感觉全都回来了。

他转身朝下游望去。河水伸向远方，河床铺满卵石，可以看到浅滩和巨石，在绕过崖脚的地方，还有一泓深潭。

尼克踏着枕木往回走，他的背包就放在铁轨旁的煤渣上。他很高兴。他调整了一下背包上的束绳，拉紧带子，把背包往背上一甩，胳膊穿过肩带，前额顶在宽宽的勒带上，以减轻肩膀的重量。但背包还是太沉了。实在是太沉了。他手里拿着皮制鱼竿箱，身体前倾，将背包的重量尽量压在肩上，然后走上与铁轨平行的道路，将烧毁的小镇留在身后的热浪中。他绕过一座山丘，两边都是被烧得满目疮痍的高山，拐上一条通往乡村的小路。他走在路上，感到沉甸甸的背包勒得肩膀生疼。一直在上坡。爬山很艰难。尼克肌肉酸痛，天气又热，但他还是感到愉快。他觉得自己把一切都抛在了脑后，不需要思考，不需要写作，什么都不需要。一切都留在了身后。

从他下了火车，行李员把他的行李从敞开的车门扔出去的那一刻起，事情就不同了。塞内镇烧毁了，土地也烧得面目全非，但这不要紧。不可能全烧光的。他知道这一点。他徒步前行，在烈日下汗流浃背，翻过将铁路和覆盖着松树的平原隔开来的山脉。

道路一直向上，只是偶尔下坡。尼克一直往上爬，在与烧焦的山坡平行了一段后，终于爬到山顶。他靠在一根树桩上，从背带里钻出来。放眼望去，前方是一片松原。烧毁的土地止于山峦左侧。前方的黑色松林如一座座岛屿耸立在平原之上。左侧很远的地方是那条河。尼克的目光追随着它，看到河水在阳光下闪着光。

他的前方只有松原，一直绵延到远方标志着苏必利尔湖分水岭的蓝色山脉那里。他几乎看不清那些山脉，它们在平原的热光中显得模糊而遥远。如果他看得太仔细，它们就会消失。但如果他只是半眯着眼睛看，那片作为分水岭的远山就出现在那里。

尼克靠着烧焦的树桩坐下来,抽了一支烟。他的背包稳稳地放在树桩上,肩带张开,包上有后背留下的坑印。尼克坐在那里抽烟,望着远方。他用不着拿出地图。从河流的位置,他就知道自己身在何处。

他一边抽烟,一边伸开双腿,发现一只蚂蚱在地上爬,爬上了他的羊毛袜。那是一只黑色的蚂蚱。他刚才一路登山时,惊起了不少尘土中的蚂蚱。它们都是黑色的。不是那种起飞时从黑色翅鞘里伸出黄黑或红黑色翅膀,呼呼作响的大蚂蚱。只是普通蚂蚱,但颜色是乌黑的。走在路上时,尼克就感到纳闷,但没有仔细琢磨。现在,他看着那只用四瓣嘴咬着袜子羊毛线的黑蚂蚱时,突然意识到它们是因为生活在被火烧过的土地上才变黑的。他意识到,那场大火肯定发生在前一年,而蚂蚱如今都变成了黑色。他想知道,它们这个样子会持续多久。

他小心翼翼地伸出手,捏住蚂蚱的翅膀,把它翻过来。蚂蚱腿儿在空中乱蹬着。他看着它一节一节的肚子。是的,肚子也是黑色的,泛着斑斓的光泽,背部和头部沾满灰尘。

"飞吧,蚂蚱。"尼克说,这是他第一次大声说话,"飞到什么地方去吧。"

他将蚂蚱抛向空中,看着它飞到对面一个烧焦的树桩上。

尼克站了起来,后背靠在树桩上的背包上,双臂穿过肩带。他背着包站在山梁上,目光越过大地,眺望远处的河流,然后离开大路,向山下走去。脚下的路很好走。往下走了两百码[1]后,火烧过的痕迹终止了。他穿过齐踝的甜蕨和成片的矮松,走上起伏绵长的山野,时而上坡,时而下坡。脚下是沙地,乡野又恢复了生机。

尼克靠太阳的位置保持方向。他知道自己想在哪里溯河。他继续穿过松原,爬上山丘,看到前面还有其他的山丘,有时从山丘上望去,左右两边都是松树构成的巨大岛屿。他折下几枝石楠似的甜蕨,别在背包带下。摩擦碾碎了甜蕨,他一边走,一边闻着它们散发的清香。

他走在起伏不平、没有树荫的松原上,感到又热又累。他知道,只要向左转,随时都能到达河边。路程不会超过一英里[2]。但他还是继续向北走,想在一天的脚程中尽量往河流的上游走。

---

[1] 英美制长度单位,1 码约合 0.9 米。——编者注,若无特殊说明,后文脚注均为译者注

[2] 英美制长度单位,1 英里约合 1.6 千米。——编者

有一阵子，尼克在行走时一直能看到一大片松林，耸立在他正穿行的起伏高地上。他走了一段下坡，然后慢慢爬上坡顶，来到桥头，转身向松林走去。

松林里没有灌木丛。树身挺拔地向上生长，或是斜靠在一起。树干笔直，呈褐色，没有枝丫，枝丫都长在高处。有些枝丫交错在一起，在褐色的林地上投下浓密的阴影。树林周围是一片褐色的空地，尼克走在上面，感觉脚下柔软。这是松针铺成的地面，面积超过了树冠的范围。树已经长高，枝丫也移到了高处，阳光照在曾被阴影覆盖的空地上。在这片林地的边缘，甜蕨开始生长。

尼克卸下背包，躺在树荫下。他仰面躺在那里，望着上面的松树。他舒展身体，让脖子、后背和腰部都得到放松。大地贴在背上的感觉很惬意。他抬眼望向天空，目光穿过树枝，然后闭上眼睛。他又睁开眼睛望了望上方。高处的树枝间有风穿过。他再次闭上眼睛，进入了梦乡。

尼克醒来时身体僵硬麻痹。太阳几乎落山了。他的背包很重，上身时肩带勒得肩膀生疼。他背上背包，弯下腰，捡起皮制鱼竿箱，走出松林，穿过长满甜蕨的洼地，朝河边走去。他知道路程不会超过一英里。

他走下遍布树桩的山坡，来到一片草地上。河水在草地的边缘流淌。尼克很高兴来到河边。他穿过草地向上游走去。走着走着，裤子被露水浸湿了。经过炎热的一天，露水凝得又快又多。河水静悄悄的，流得快速而平滑。在爬上高地扎营之前，尼克在草地边缘俯视河流，看到有鳟鱼跃出水面。它们跃起是为了捕食夕阳西下时从对岸沼泽中飞来的昆虫。鳟鱼跃出水面捕捉昆虫。当尼克走过河流旁的一小片草地时，鳟鱼高高跃出水面。当他再次俯视河流时，昆虫肯定已经全都落在了水面上，因为在整条河流上，鳟鱼都在不停捕食。目力所及，在整段长长的河流上，鳟鱼不断跃出，水面上荡起一个个圆圈，仿佛开始下雨一般。

地面逐渐升高，沙地上长满了树木，可以俯瞰草地、河流和沼泽。尼克放下背包和鱼竿箱，开始寻找一块平坦的地面。他很饿，但还是想在做饭前先把营扎好。在两棵乔松之间，有块相当平坦的地面。他从背包里取出斧头，砍掉了两根突出的树根，这样就有了一块足够睡觉的地方。他用手平整沙土，连根拔掉所有的甜蕨灌木，手上沾满了甜蕨的香味。他抚平蕨根留下的坑洼。他不想让毯子下面有任何凸起。将地面弄平后，他铺开三条毯子。第一条毯子折成双层,放在最下面,另外两条毯子铺在上面。

他用斧头从一棵树桩上砍下一块明亮的松木板,将其劈成固定帐篷的木钉。他希望它们够长也够结实,能够牢牢地固定在地面上。他从包里取出帐篷,铺在地上,靠在乔松上的背包显得小了不少。尼克把帐篷的顶绳绑在其中一棵松树的树干上,用另一端的绳子将帐篷拉离地面,并绑在另一棵松树上。帐篷挂在绳子上,像一条挂在晾衣绳上的帆布毯子。尼克把他砍的一根杆子插在帐篷的后顶部,然后用木钉固定住两侧,撑起帐篷。他拉紧帐篷的两侧,并将木钉深深地打入地面,用斧头的平面敲击木钉,直到绳环被埋住,帆布绷得像鼓面一样紧。

尼克在帐篷的入口处挂上一层纱布,以防蚊虫进入。他带着背包里的各种物品钻进帐篷,放在床头的帆布斜面下。光线透过棕色的帆布照进帐篷,带着一种帆布特有的怡人气味,营造出一种神秘而温馨的感觉。钻进帐篷时,尼克很开心。他一整天都没有感到不快,但现在的感觉不一样。所有的事情都做完了,该做的都完成了。这是一段艰辛的旅程,他非常疲惫,但那已经过去了。他已经扎好了营,安顿了下来,没有什么能伤害他了。这是个扎营的好地方,他就在这里,在这个好地方,在他亲手搭建的家里。现在,他觉得饿了。

他从纱布下面爬出来。外面已经黑了,帐篷里却显得明亮一些。

尼克走到背包旁,用手指在背包底部装钉子的纸袋里摸出一根长钉。他一手捏住钉子,一手用斧头的平面轻轻敲打,把钉子钉进松树,然后把背包挂在钉子上。所有的补给都在背包里。现在它们远离地面,变得安全。

尼克很饿。他觉得自己从未这么饿过。他打开一个猪肉豆子罐头和一个意大利面罐头,将它们倒进煎锅。"只要我愿意背,那我就有权利吃。"尼克说道。他的声音在渐渐变暗的树林中显得有些奇怪。他没有再出声说话。

他用斧头从树桩上砍下一些松木块,生起一堆火。他在火上放了一只铁网烤架,用靴子将四个支脚踩进地里。尼克把煎锅放在烤架上,架在火焰上。他更饿了。豆子和意大利面逐渐热起来,尼克搅拌它们,将它们混合在一起。锅里开始冒泡,小小的气泡费力地浮到表面。空气中弥漫着诱人的香味。尼克拿出一瓶番茄酱,又切了四片面包。小气泡现在冒得更快了。尼克坐在火边,把煎锅拿下来。他把大约一半的食物倒在锡盘里,食物在盘子里慢慢摊开。尼克知道太烫了,于是挤了一些番茄酱上去。他知道豆子和意大利面还是太烫了。他看了看火,又看了看帐篷,不想因为烫到舌头而毁了这顿饭。这么多年,他从未享受过炸香蕉的美味,因为他从来没有耐心等它们凉下来。他的舌头非常敏感,而他现在饿极了。天几乎完全黑下来,他看到河对岸的沼泽地里升起一层薄雾。他又看了一眼帐篷。好吧。他从盘子里舀了一大勺。

"基督啊,"尼克说,"耶稣基督啊。"他高兴地说。

他吃完整盘食物后才想起面包。尼克就着面包又吃完了第二盘,连盘子都擦得干干净净。自从在圣伊格纳斯车站餐厅喝了杯咖啡,吃了个火腿三明治后,他就再也没吃任何东西。这是一段非常美妙的经历。他以前也这么饿过,但从没这么满足过。如果愿意的话,他本可以在几个小时前扎营。河边有很多适合扎营的好地方。但这里非常好。

尼克在烤架下塞了两大片松木,火焰猛地蹿升起来。他忘了去取煮咖啡用的水。他从背包里拿出一个折叠帆布水桶,走下山坡,穿过草地的边缘,来到河边。对岸笼罩在白色的薄雾中。当他跪在岸边,将帆布水桶浸入河流时,他感到草地又湿又冷。水桶在水中鼓起并被强大的水流拉扯着。水冰冷刺骨。尼克将水桶冲洗了一下,装满水后带回营地。到了远离河流的地方,感觉就没有那么冷了。

尼克又钉了一根大钉子,把装满水的水桶挂起来。他往咖啡壶里装了一半的水,又在火上放了些木片,把壶放上去。他忘了自己通常是怎么煮咖啡的。他记得自己还为此和霍普金斯争论过,但不记得自己当时的观点了。他决定先把水烧开。他现在想起来了,这是霍普金斯的方法。他曾经和霍普金斯争论任何事情。在等咖啡煮沸时,他打开一小罐杏子。他喜欢开罐头。他把杏子倒进一个锡杯里。他一边看着火上的咖啡,一边喝着杏子的糖浆,起初小心翼翼,以免洒出来,然后他一边沉思,一边吃掉了杏子。这些罐装杏子比新鲜的杏子还要好吃。

他看着咖啡煮沸了。盖子被顶了起来,咖啡和咖啡渣沿着壶边流了下来。尼克把咖啡壶从烤架上拿下来。霍普金斯赢了。他在装过杏子的空杯里放了些糖,倒了一些咖啡出来凉着。咖啡壶太烫了,他用帽子握住咖啡壶的把手。他不让咖啡泡在壶里，至少第一杯不行。要完全按照霍普金斯的方法来。霍普值得尊重。他是个非常严肃的咖啡爱好者，是尼克认识的最严肃的人。不是古板，而是严肃。那是很久以前的事了。霍普金斯说话时嘴唇几乎不动。他打过马球，后来在得克萨斯赚了数百万美元。他当初借钱去芝加哥，这时电报传来了他第一个大油井出油的消息。他本可以电汇收款，但那样太慢了。他们管霍普金斯的女朋友叫"金发维纳斯"。霍普金斯并不介意，因为她不是他真正的女朋友。霍普金斯非常自信地说，他们谁也不会嘲笑他真正的女朋友。他是对的。霍普金斯收到电报后就走了。那是在黑河。电报花了八天才到他手上。霍普金斯把他那把点22口径的柯尔特自动手枪送给了尼克，把相机送给了比尔，这样他们就会永远记住他。他们说好第二年夏天再一起去钓鱼。霍普这小子有钱了。他会买一艘游艇，带他们一起沿着苏必利尔湖的北岸巡游。他很兴奋也很严肃。他们道了别，大家的心里都不是滋味。这趟旅行被打断了。他们再也没有见过霍普金斯。那是很久以前在黑河的事情了。

尼克喝了咖啡，按照霍普金斯的方法煮的咖啡。咖啡很苦。尼克笑了起来。这个故事有了个好结局。他的思绪开始活跃起来，但他知道自己可以压制住它，因为他已经很累了。他倒掉咖啡壶里的咖啡，将咖啡渣抖进火里。他点了一支烟，钻进帐篷。他脱下鞋子和裤子，坐在毯子上，把鞋子卷进裤子里当枕头，然后钻进毯子里。

透过帐篷前方，尼克看着夜风吹拂下火焰的微光。这是个安静的夜晚。沼泽地一片寂静。尼克在毯子下舒适地伸展身体。一只蚊子在他耳边嗡嗡作响。尼克坐起来点燃一根火柴。蚊子停在帆布上，就在他的头顶处。尼克迅速把火柴凑过去，蚊子在火焰中发出一声令人满意的嘶响。火柴熄灭了。尼克又躺回毯子下面，侧身闭上眼睛，感到睡意袭来。他在毯子下蜷缩起身体，渐渐进入梦乡。

大双心河 II

早晨，太阳升起，帐篷里开始热起来。尼克从帐篷入口处的蚊帐下爬出来，看着清晨的景象。爬出来时，草地上的露水弄湿了他的手。他手里拿着裤子和鞋。太阳刚刚爬上山头。面前是草地、河流和沼泽。河对岸的沼泽地里长着白桦树。

清晨，清澈的河水平滑地匆匆流过。在下游大约两百码的地方，三根木头横跨在河流上。它们使上游的河水变得平稳而深邃。就在尼克注视的当口，一只水貂踩着木头穿过河流，进入沼泽地。尼克感到兴奋。清晨和河流让他心潮澎湃。他匆忙得来不及吃早餐，但他知道自己必须吃点东西。他生了个小火，开始煮咖啡。

趁着壶里烧水，尼克拿起一只空瓶，走到高地边缘的草地上。草地上满是露水，尼克想在太阳晒干草地之前抓些蚂蚱做诱饵。他找到了许多好蚂蚱。它们都待在草茎底部，有时紧贴在草茎上。由于沾满露水，它们又冷又湿，在太阳将它们晒暖之前跳不起来。尼克捡起它们，只挑中等大小的褐色蚂蚱，放进瓶子里。他翻开一根木头，发现仅是木头的边缘之下就有好几百只蚂蚱，简直是一个蚂蚱窝。尼克捡了大约五十只中等大小的褐色蚂蚱放进瓶子里。在他捡蚂蚱时，其他蚂蚱在阳光下暖和了过来，开始纷纷跳开。它们连跳带飞，刚开始只能飞一小段，落地后就僵在那里，像死了一样。

尼克知道，等他吃完早餐，这些蚂蚱就会像平常一样活蹦乱跳。如果没有草上的露水，要抓满一瓶好蚂蚱得花上一整天时间。他得用帽子去扑，很可能会拍死很多只。他在河边洗了手。靠近河流让他感到兴奋。洗完手后，他走回帐篷。蚂蚱已经开始在草地上动作僵硬地蹦跳。瓶子里，被阳光晒暖和的蚂蚱也开始成群地蹦跳。尼克用一根松木棒塞住瓶口，既让蚂蚱跳不出来，又给空气留下足够的通道。

他把木头滚回原位，知道每天早上都可以在那里捉到蚂蚱。

尼克把装满跳跃蚂蚱的瓶子靠在一个松树桩上。他迅速将一些荞麦粉与水混合，搅拌均匀，一杯荞麦粉，一杯水。他在壶里放了一把咖啡，又从罐头里挖了一块油脂，放进热煎锅里，油脂发出嗞嗞的声音。在冒烟的煎锅上，他将荞麦糊均匀地倒进去。它们像熔岩一样铺开，油脂激烈地迸溅。荞麦饼的边缘开始变硬，变成褐色，最后变得酥脆。表面缓慢地起泡，留下一个个气孔。尼克用一个全新的松木片铲到焦褐的饼下，左右摇晃煎锅,让饼松动。他想,我可不想颠锅翻面。他把干净的木片完全插到饼下,把饼翻了过来。饼在锅里发出嗞嗞的声响。

饼煎熟后,尼克又往煎锅里加了油。他用完了所有的面糊,又做了一个大煎饼和一个小煎饼。

尼克吃了一块大煎饼和一块小煎饼,在上面涂满了苹果酱。他在第三块煎饼上涂了苹果酱,对折两次,用油纸包好,放进衬衫口袋里。他把苹果酱罐子放回背包里,然后切了点面包,准备再做两个三明治。

他在背包里找到一个大洋葱,切成两半,剥掉光滑的外皮。他将半个洋葱切成片,做成洋葱三明治,用油纸包好,放进卡其布衬衫的另一个口袋里,扣上纽扣。他把煎锅倒扣在烤架上,喝了一杯咖啡,咖啡里面加了炼乳,变成黄褐色,很甜。他整理好营地。这是一个不错的营地。

尼克从皮质鱼竿箱里取出飞蝇竿,接好,再把鱼竿箱推回帐篷里。他装上渔轮,把渔线穿过导环。穿线时,他得一手接一手,否则渔线会因为自身重量滑回去。这是一根沉重的双锥形飞蝇线,是尼克很久之前花了八美元买的。它很有分量,可以在空中回甩,再平直而沉稳地向前飞出,这样才能抛出没有重量的飞蝇钓饵。尼克打开铝制的引线盒,引线盘在潮湿的法兰绒垫之间。在开往圣伊格纳斯的火车上,尼克曾用饮水机把垫子弄湿。在潮湿的垫子上,羊肠线已经变软了。他解开一根,一端系在沉重的飞蝇线上,打了个结,又在另一端装上钓钩。这是个小钓钩,很细,富有弹性。

尼克把鱼竿横放在腿上坐着,从钩盒里取出一个钓钩。他拉紧渔线,试试绳结是否牢固,鱼竿的弹性如何。感觉不错。他小心翼翼的,不让钩子扎到手指。

他拿着鱼竿,向河流走去,装蚂蚱的瓶子用皮带在瓶颈处打了个活结,挂在脖子上。捞网用钩子挂在腰带上。他肩上背着一个长长的面粉口袋,口袋的每个角都打了结,形成两个耳朵。绳子绕过肩膀,口袋拍打着大腿。

尼克带着所有装备,虽然感到有些笨拙,但也有一种专业的快乐。装蚂蚱的瓶子在他的胸前晃动,衬衫的口袋里装着午餐和钩盒,鼓鼓囊囊地顶在身上。

他踏入河流,顿时感到一阵寒意。裤子紧紧地贴在腿上,鞋底能够感受到碎石。冷冰的河水让他直打冷战。

水流湍急,冲击着他的双腿。在他踏入的地方,水已经没过膝盖。他沿着水流的方向涉水而行,沙砾在他的鞋底滑动。他低头看着每条腿下方水流形成的漩涡,小心地倾斜瓶子,取出一只蚂蚱。

第一只蚂蚱在瓶颈处跳了一下,掉进水里。它被吸入尼克右腿边的漩涡中,在下游一点的地方重新浮出水面。它漂得很快,踢着腿。平静的水面上突然冒出一个圆圈,它就消失了。一条鳟鱼吃掉了它。

另一只蚂蚱将头探出瓶口,摇晃着触须,前腿伸出瓶口准备跳。尼克捏住它的头,将钓钩从它的下颌扎进去,穿过胸膛,直到腹部的最后几节。蚂蚱用前腿抱住钓钩,吐出一些烟草色的汁液。尼克把它丢进水里。

尼克右手握着鱼竿,顺着水流中蚂蚱的拉力放出渔线,左手从渔轮上拉出渔线,让它自由滑动。他能看见蚂蚱在小小的波浪中漂浮,然后就不见了。

渔线上传来一股拉力。尼克拉着绷紧的渔线。这是他第一次挥杆。他的右手握着抖动的鱼竿,左手回收渔线。鱼竿一抖一抖地弯起来,鳟鱼在逆流中挣扎着。尼克知道这是一条小鱼。他把鱼竿直直地举向空中,鱼竿在拉力下变成了弓形。

他看到鳟鱼在水中不断扭动头和身体,对抗着切过河流的渔线。

尼克用左手拉紧渔线，将在水流中疲惫挣扎的鳟鱼拉到水面上。它的背部有清晰的斑点，就像水下砾石的颜色，侧腹在阳光下闪闪发光。尼克用右臂夹住鱼竿，弯下腰，右手伸进水中。他用湿润的右手握住不停扭动的鳟鱼，解开它嘴里的鱼钩，把它放回河流中。

鳟鱼在水流中摇摇晃晃地浮着，然后在河底的一块石头旁安定下来。尼克伸手去摸它，手臂没入水中直到肘部。鳟鱼在流动的河水中静静地歇在碎石上，靠在一块石头旁。当尼克的手指碰到它，感觉到它在水下光滑、冰凉的身体时，它突然像一道影子穿过河底，游走了。

它没事，尼克想。它只是累了。

他先把手弄湿才去碰的鳟鱼，这样就不会破坏覆盖在鳟鱼身上的那层薄薄的黏液。如果用干手触摸鳟鱼，会有一种白色真菌攻击失去黏液保护的部位。很多年前，当尼克在拥挤的河流中钓鱼时，前后都是飞蝇钓客，他一次又一次地发现死去的鳟鱼，身上覆盖着白色真菌，被水冲到岩石边，或是腹部朝上漂在水潭里。尼克不喜欢和别人一起在河里钓鱼。除非是朋友，否则那样会破坏钓鱼的乐趣。

他在没过膝盖的水流中跋涉，走过横跨河流的木头上方五十码的浅水区。他没有重新上饵，只是拿着鱼钩，涉水而行。他知道自己能在浅水区钓到小鳟鱼，但他不想要小鱼。在一天的这个时间段，浅水区里不会有大鱼。

水没到了他的大腿，冰冷而刺骨。前方是被木头拦出的平静水潭，水面平滑而幽暗。左边是草地的低洼边缘，右边是沼泽。

尼克站在水流中，身体微微后仰，从瓶里取出一只蚂蚱。他将蚂蚱穿到鱼钩上，朝它吐了口唾沫，祈祷好运。接着，他从渔轮上拉出几码渔线，将蚂蚱抛向前方湍急发暗的水中。蚂蚱顺流漂向木头，渔线的重量将鱼饵拉到了水下。尼克右手握着鱼竿，让渔线从指间滑出。

渔线上传来一阵强烈的拉扯。尼克猛地一拽，鱼竿危险地抖动起来，几乎弯成了九十度，渔线绷得紧紧的，从水中露出，又再度绷紧。这股拉力沉重、危险、持续不断。有一刻，尼克感到只要拉力再大一点，渔线就要绷断了，于是他放松了渔线。

渔线被飞速地拉出去，渔轮吱呀作响。速度太快了。尼克控制不住，渔线被不断拉出，渔轮的转动声也更加尖厉。

大双心河 II

渔轮的轮轴露出来时,尼克紧张得心跳都快停止了。他向后靠在没过大腿的冰冷水流中,用左手的大拇指用力地按住渔轮。为了控制渔线的拉力,他笨拙地将拇指伸进渔轮里。

当他加大压力时,渔线猛地绷紧,变得僵硬,在木头的那边,一条大鳟鱼高高跃出水面。鳟鱼跳起时,尼克迅速压低鱼竿以缓解压力。但他觉得,即便这样压力仍然太大,渔线仍然绷得太紧。果然,线断了。他的感觉没错。渔线失去了弹性,变得又涩又硬。然后,渔线松了下来。

尼克嘴里发干,心情低落。他开始收线。他从来没见过这么大的鳟鱼。那种沉甸甸的感觉,那种无法控制的力量,还有它跃起时的庞大身躯。它看起来足有鲑鱼那么大。

尼克的手在发抖,他慢慢地收线。刚才太紧张了。他隐隐感到有些恶心,也许坐下来会好些。

渔线是在鱼钩的位置断开的。尼克拿着断掉的渔线,想象着那条鳟鱼正在河底的某处,静静地待在沙砾上,远离光线,躲在木头下方,嘴里挂着鱼钩。尼克知道,鳟鱼的牙齿会咬断渔线,但鱼钩会嵌在它的下颚里。他猜那条鳟鱼一定气坏了。任何那么大的东西都会气坏的。那是一条鳟鱼。它被牢牢地钩住了，牢固得像一块岩石。它在逃跑之前给人的感觉也像一块岩石。上帝啊，它可真是个大家伙！上帝啊，它是我见过的最大的鳟鱼。

尼克爬上岸，站在草地上，水从他的裤管和鞋里流出来，鞋子发出扑哧扑哧的声响。他走到木头旁，坐下来，不急于考虑自己的感受。

他把鞋尖伸进水里，动了动脚趾，然后从胸袋里掏出一支香烟。他点燃香烟，把火柴扔进木头下方湍急的水流中。一条小鳟鱼冲向那根在急流中打转的火柴。尼克笑了起来，打算抽完这支烟。

他坐在木头上，抽着烟，在阳光下晒干身体，感到背上的阳光暖暖的。河水在前方变浅，流入树林，在树木和浅滩之间蜿蜒，波光荡漾。大块岩石在水流的冲刷下变得光滑，岸边生长着雪松和白桦。木头被太阳晒热了，光溜溜的，很好坐，上面没有树皮，摸上去很古老；失望的感觉慢慢消退了。之前的兴奋感让他的肩膀酸痛，过后却是迅速袭来的失望，但现在一切都好了。他把鱼竿放在木头上，重新在钓线上系了一个新钓钩，拉紧渔线，直到它紧紧地成为一个硬结。

大双心河 II

他上好鱼饵，拿起鱼竿，走到木头另一端的水中，那里的水不太深。木头下面和更远处是深潭。尼克绕过靠近沼泽岸边的浅滩，走到河流浅处的河床上。

左边，草地与树林的交界处，一棵大榆树被连根拔起。它在一场风暴中倒下，倒伏在树林里，根部缠满泥土，草在其中生长，形成了一道坚实的土堤。河水冲刷着这棵被连根拔起的树的边缘。从尼克站的地方，他能看到河流浅处的河床上被水流切割出的深沟，如同一道道车辙。他站的地方铺满卵石，往前看去，河床上也布满了卵石和大块岩石；在靠近树根的地方，河床是泥灰质的。深水的沟槽间，绿色的水草在水流中摇曳。

尼克将鱼竿从肩后向前方一甩，渔线弯曲向前，蚂蚱被轻轻地抛到水草间的深沟里。一条鳟鱼咬了钩，尼克钩住了它。

尼克将鱼竿远远地伸向那棵连根拔起的榆树，在水流中向后退。鳟鱼钻向水底，鱼竿弯了起来，在水中不停地抖动。尼克与鳟鱼展开较量，将它从危险的水草区拉到开阔的河面上。尼克紧握着横在水中、抖动不止的鱼竿，将鳟鱼往回拉。鳟鱼奋力挣扎，但总是被尼克拉回来。鱼竿的弹性抵消了鳟鱼的力道，虽然鱼竿有时会被拽到水下，但始终能把鳟鱼拉回来。尼克拖着鳟鱼慢慢往下游走。他抬起鱼竿，将鳟鱼放到捞网上，然后兜起来。

鳟鱼沉甸甸地兜在网中，透过网眼能够看到它长着斑点的背部和银色的侧腹。鳟鱼的身体厚实，很好握住，下颚宽大突出，正在不停地翕动，尾巴也使劲甩着。尼克解开鱼钩，将鳟鱼滑进从他肩上垂到水里的长布口袋里。

尼克把袋口张开，迎向水流，袋子很快灌满了水，变得沉甸甸的。他把袋子提起来，袋底浸在水中，水从两侧流出来。鳟鱼在袋子底部的水中活蹦乱跳。

尼克向下游走去。袋子挂在身前，沉沉地浸在水里，坠着他的肩膀。

天气越来越热，阳光炙烤着他的后脖颈。

尼克已经钓到了一条好鳟鱼。他并不在意鳟鱼的数量。此时，河流变得浅而宽，两岸都是树木。在上午的阳光下，左岸的树木在水流中投下短短的阴影。尼克知道每个阴影里都有鳟鱼。到了下午，太阳越过山丘，鳟鱼就会躲到河流另一侧的阴凉中。

最大的鳟鱼会紧靠岸边栖息。在黑河，你总能在那样的地方逮到它们。太阳下山后,它们都会游到河中间。就在太阳下山前,阳光在水面上闪耀的时刻,你能在水流中的任何地方碰到大鳟鱼。但那时几乎没法钓鱼,因为水面就像阳光下的镜子一样刺眼。当然,你可以逆流而上,但在像黑河或这条河流这样的地方,你得在水流中艰难前行,而到了水深的地方,水浪会向你涌来。在这样强劲的水流中,逆流而上钓鱼可并不好玩。

尼克沿着浅滩前行,观察着河岸,寻找深水坑。一棵山毛榉长在靠近河边处,树枝垂入水中。河流从树叶下方穿过。这种地方总是藏着鳟鱼。

尼克并不想在那个深水坑钓鱼。他确信鱼钩会被树枝挂住。

但那里看起来很深。他放下一只蚂蚱,让水流把它卷到水下,冲到垂悬的树枝下方。渔线猛地一沉,尼克用力一拉。鳟鱼猛烈地挣扎着,半个身子露出水面,在树叶和树枝间跳动。渔线被挂住了。尼克用力拉扯,鳟鱼脱钩而去。他收回渔线,手里握着鱼钩,继续向下游走去。

前方,靠近左岸,有一根大木头。尼克看到它是空心的。木头的一端朝着上游,水流汩汩地涌进去,只在木头的两侧漾起小小的涟漪。水渐渐变深。空心木头的顶部是灰色的,很干燥,部分木头处在阴影中。

尼克拔出蚂蚱瓶上的软木塞,一只蚂蚱趴在上面。他把它摘下来,挂在鱼钩上,抛了出去。他把鱼竿伸得很远,让水中的蚂蚱顺水进入空心木头。尼克放低鱼竿,蚂蚱漂了进去。一阵强烈的拉扯感突然传来。尼克用力拉住鱼竿,除了钩住活物的感觉外,沉得简直就像钩住了木头本身。

他试着把鱼拖到水里。鱼出来了,沉甸甸的。

渔线突然一松,尼克以为鳟鱼跑了。随后,他又看见了它,非常近,就在水里,摇着头,试图甩掉鱼钩。它紧闭着嘴,在清澈的水流中挣扎着,对抗着鱼钩。

尼克的左手绕收渔线,然后甩动鱼竿,让渔线绷紧,想要将鳟鱼引向捞网,但它突然不见了,只有渔线不停地抖动。尼克对抗着水流中的鳟鱼,任它随着鱼竿的弹力在水中挣扎。他把鱼竿换到左手,将鳟鱼往上游拉,承受着它的重量,用鱼竿与它对抗,然后让它顺流进入捞网。他从水中提起鳟鱼,捞网滴着水,而鳟鱼在网中沉甸甸地坠成了半圆形。尼克摘下鱼钩,把鳟鱼滑进口袋里。

他张开袋口，低头看了看袋子里那两条在水中活蹦乱跳的大鳟鱼。

尼克涉过越来越深的水，走到空心木头旁边。他从头上取下口袋，鳟鱼一出水就扑腾起来。他把口袋挂好，让鳟鱼浸在水里。然后他爬上木头坐下，水从裤子和靴子里流进河流。他放下鱼竿，挪到木头阴凉的一端，从口袋里取出三明治。他把三明治在冷水中蘸了一下，水流带走了面包屑。他吃了三明治，用帽子舀起水来喝。水从帽子里流出来，他就着流出的水喝起来。

坐在木头的阴凉处感觉非常凉爽。他拿出一支香烟，划了一根火柴。火柴头陷进灰色的木头里，留下一个小小的沟痕。尼克俯身靠在木头边，找了个硬一点的地方重新划燃火柴。他坐在那里抽烟，静静地看着河水。

前方，河流变窄，流入沼泽地。河水变得平静而深邃，沼泽地里密密麻麻地长满了雪松。它们的树干紧挨在一起，枝叶繁茂。这样的沼泽地无法穿行。树枝长得很低，你必须紧贴着地面才能移动。你无法穿过那些树枝。尼克想，这就是为什么生活在沼泽地里的动物会有那样的体型。

他希望自己带着书。他现在很想看书。他不想进入那片沼泽地。他顺着河流往下游看，一棵大雪松斜跨在河面上。再往前，河流就流入了沼泽地。

尼克现在不想进去。他不想在深及腋窝的水里跋涉。他厌倦了在那些无法把大鳟鱼带上岸的地方钓鱼。在沼泽地，河岸光秃秃的，大雪松在头顶交汇，阳光无法穿透，只有几处零星的光斑透进来。在水深流急、半明半暗的地方钓鱼，将是一场悲剧。在沼泽地里钓鱼则是一场悲剧性的冒险。尼克不想进行这样的冒险。他今天不想再往下游走了。

他拿出刀子，打开，插在木头上。然后他提起口袋，伸手从里面抓出一条鳟鱼。他抓住靠近鳟鱼尾巴的地方，鳟鱼挣扎着，很难握住，但他还是用力将鳟鱼摔在木头上。鳟鱼抖了一下，不动了。尼克把它放在木头的阴凉处，用同样的方法摔断了另一条鳟鱼的脖子。他把两条鳟鱼并排摆在木头上。它们是很棒的鳟鱼。

尼克将它们清洗干净，从肛门一直剖开到下颌尖。所有的内脏、鳃和舌头都完整地取出来。它们都是雄鱼，有长长的灰白色精巢条，光滑而干净。所有内脏全都整齐干净地取出后，尼克将它们扔到岸上，留给水貂吃。

他在河流中清洗鳟鱼。放回水中时，它们看起来就像活鱼，颜色还没有消退。他洗了洗手，在木头上擦干。他把鳟鱼放在摊在木头上的口袋上，卷起来，打好包，放进捞网里。他的刀还竖在那里，刀刃插在木头上。他在木头上蹭干净刀刃，收进衣服口袋里。

  尼克从木头上站起来，手里握着鱼竿，捞网沉甸甸地挂在身上，然后水花四溅地走向岸边。他爬上河岸，穿过树林，向高地走去。他要回营地了。他回头看了一眼，河流在树林间若隐若现。他可以去沼泽地里钓鱼，未来还有很多这样的日子。

三天大风

尼克拐上那条通向果园的道路时，雨停了。果子已经摘完，秋风吹过光秃秃的果树。尼克停下脚步，从路边捡起一只瓦格纳苹果，它在雨后的褐色草地上闪闪发亮。他把苹果放进麦基诺大衣[1]的口袋里。

道路穿过果园，通向山顶。山顶有一座小屋，门廊空荡荡的，烟囱里冒着烟。小屋后面是车库、鸡舍和次生林木，像树篱一样与后面的树林相连。放眼望去，大树在风中剧烈摇摆。这是秋天的第一场风暴。

当尼克穿过果园上方的空地时，小屋的门开了，比尔走了出来。他站在门廊上向外望。

"嘿，韦梅奇[2]。"他说。

"嘿，比尔。"尼克一边说，一边走上台阶。

他们站在一起，眺望乡间的景色，目光掠过果园，越过道路，穿过低处的田野和岬角的树林，直到湖边。风正从湖面上吹来。他们能看到十里岬沿岸的浪花。

---

1 麦基诺大衣是一种厚重、结实的呢外套，最早由苏格兰人设计，通常由厚羊毛制成，具有优良的保暖性和耐用性。
2 在关于尼克的故事中，海明威有时会用自己的名字或昵称"Wemedge"来代替尼克的名字，因此我们很容易把这个虚构人物看作是作者本人的一个化身。

三天大风

"风真大啊。"尼克说。

"这样的风会刮三天呢。"比尔说。

"你爸在家吗?"尼克问。

"不在,他带着枪出去了。进来吧。"

尼克走进小屋。壁炉里烧着火。风吹得火焰呼呼作响。比尔关上门。

"要喝点什么吗?"他说。

他走到厨房,拿来两只杯子和一壶水。尼克从壁炉上方的架子上取下一瓶威士忌。

"可以吗?"他说。

"好极了。"比尔说。

他们坐在壁炉前,喝着爱尔兰威士忌加水。

"有种醇厚的烟熏味。"尼克说,透过玻璃杯看着炉火。

"那是泥煤味。"比尔说。

"你不可能把泥煤加到酒里。"尼克说。

"那没关系。"比尔说。

"你见过泥煤吗?"尼克问。

"没有。"比尔说。

"我也没见过。"尼克说。

他把鞋伸到炉前，鞋子开始冒蒸汽。

"最好把鞋脱了。"比尔说。

"我没穿袜子。"

"把鞋脱了烤干，我给你拿双袜子。"比尔说。他走上阁楼，尼克听到他在上面走动的声音。阁楼是开放式的，是比尔、他父亲和尼克有时会睡觉的地方。后面有一个更衣室。他们把简易床搬到雨水淋不到的地方，并用橡胶毯子盖好。

比尔拿着一双厚厚的羊毛袜子走下来。

"现在天冷了，不能不穿袜子。"他说。

"我真不想再穿袜子了。"尼克说。他把袜子穿上，往椅子上一靠，把脚搁在火炉前的挡火板上。

"你会把挡火板压塌的。"比尔说。尼克把脚移到壁炉的另一侧。

"有什么书看？"他问。

"只有报纸。"

"红雀队[1]怎么样了？"

---

1 圣路易斯红雀队，美国职业棒球大联盟（MLB）中的一支球队，主场位于密苏里州圣路易斯市，成立于1882年，是国家联盟中历史最悠久的球队之一。红雀队以其成功的历史和众多的世界大赛冠军闻名。

"连着两场输给了巨人队[1]。"

"巨人队稳了。"

"这简直太容易了,"比尔说,"只要麦格劳能买下联盟里所有的优秀球员,这就没什么难的。"

"他没法买下所有人。"尼克说。

"他可以买下所有他想要的人,"比尔说,"或者是让他们感到不满,这样别的队就会把他们交易给他。"

"比如海尼·齐姆[2]。"尼克同意道。

"那个笨蛋对他大有帮助。"

比尔站了起来。

"他能打。"尼克说道。火焰的热量烤着他的腿。

"他的守备技巧非常好,"比尔说,"但他会输掉比赛。"

"也许这就是麦格劳要他的原因。"尼克说道。

1　旧金山巨人队,美国职业棒球大联盟中的一支球队,主场位于加利福尼亚州旧金山市,成立于1883年,最初位于纽约市,1958年迁至旧金山。巨人队以其强大的投打阵容和多次赢得世界大赛冠军而著称。

2　海尼·齐姆(Heinie Zim),全名亨利·爱德华·齐默曼(Heinie Zimmerman),是美国职业棒球大联盟早期的著名三垒手和内野手,活跃于1907年至1919年间,主要效力于芝加哥小熊队和纽约巨人队。他以出色的打击和防守能力著称,但因参与1919年"黑袜丑闻"被终身禁赛。

"也许吧。"比尔同意。

"事情总比我们了解的复杂。"尼克说。

"当然了。不过对离得这么远的我们来说,我们已经知道得不少了。"

"就像你不看到赛马,反而能够挑得更好。"

"就是这样。"

比尔伸手拿下威士忌瓶,他的大手能完全握住瓶子。他把威士忌倒进尼克递来的杯子里。

"要加多少水?"

"跟刚才一样。"

比尔坐在尼克椅子旁的地板上。

"秋天的风暴来临时感觉真好,是吧?"尼克说。

"棒极了。"

"这是一年中最好的时候。"尼克说。

"要是待在城里不是很糟糕吗?"比尔说。

"我倒想看看世界锦标赛。"尼克说。

"嗯,但现在世界锦标赛都在纽约或费城,"比尔说,"那对我们没什么用。"

"我在想红雀队有没有机会赢得联赛冠军。"

"在我们有生之年没戏。"比尔说。

"天啊,他们肯定要疯了。"尼克说。

"你还记得他们有次表现很出色,但后来遇到火车事故了吗?"

"当然记得!"尼克回忆着。

比尔伸手拿起窗下桌子上的书,那是他去开门时倒扣在那里的。他一手拿着玻璃杯,一手拿着书,靠在尼克的椅子上。

"你在读什么?"

"《理查·弗维莱尔的苦难》[1]。"

"我读不下去。"

"还不错,"比尔说,"这不是坏书,韦梅奇。"

"你还有什么我没读过的书?"尼克问。

---

[1] 《理查·弗维莱尔的苦难》(*The Ordeal of Richard Feverel*)是乔治·梅瑞狄斯(George Meredith)于1859年出版的小说,讲述了一个贵族青年的成长故事。主角理查·弗维莱尔在父亲严格的教育下成长,然而,他的青春期叛逆和爱情经历导致了家庭矛盾和个人冲突。小说探讨了教育、爱情和人性等主题,以其复杂的人物塑造和深刻的心理描写而闻名。

"你读过《森林恋人》[1]吗?"

"嗯,就是那本写他们每晚睡觉时都在中间放一把裸剑的书。"

"那是本好书,韦梅奇。"

"确实是本好书。但我一直不明白那把剑有什么用。它必须一直刀锋朝上,因为如果它平放着,你翻个身就压上去了,也不会有任何问题。"

"这是一个象征。"比尔说。

"当然,"尼克说,"但这不实际。"

"你读过《坚韧》吗?"

"那本书很好,"尼克说,"那是一本真正的好书。他的老爸一直在追他。你还有沃尔波尔[2]的其他书吗?"

---

[1] 《森林恋人》(*The Forest Lovers*)是英国作家莫里斯·休利特(Maurice Hewlett)1898年出版的小说,讲述了骑士罗曼·德·莱索恩在中世纪的冒险与爱情故事。主角罗曼在森林中救下了神秘女子伊索尔德,两人经历了各种冒险与考验。小说融合了浪漫主义和骑士精神,展现了忠诚、勇敢和爱情的主题。以其优美的文笔和扣人心弦的情节,成为当时颇受欢迎的浪漫文学作品。

[2] 休·沃尔波尔(Hugh Walpole)是英国著名作家,以小说和短篇故事闻名。沃尔波尔的作品风格多样,涵盖历史小说、恐怖小说和冒险小说等。他最著名的作品包括"罗格利的遗产"(Rogue Herries)系列和《黑暗森林》(*The Dark Forest*)。他的作品以细腻的描写和深刻的人物刻画而著称,对20世纪初的英国文学产生了重要影响。

三天大风

"《黑暗森林》,"比尔说,"是关于俄国的。"

"他对俄国又了解什么?"尼克问。

"我不知道。你永远无法判断那些人。也许他小时候在那里待过。他对那里了解得可不少。"

"我想见见他。"尼克说。

"我想见见切斯特顿[1]。"比尔说。

"真希望他此刻就在这里,"尼克说,"明天我们可以带他去沃伊克斯钓鱼。"

"你觉得他会喜欢钓鱼吗?"比尔问。

"当然,"尼克说,"他肯定是这方面的高手。你记得《飞行客栈》[2]吗?"

---

1   G.K. 切斯特顿(Gilbert Keith Chesterton)是英国著名作家、评论家和神学家,以其机智幽默和深刻见解而闻名。他创作了许多小说、散文和诗歌,最著名的作品包括《布朗神父探案集》和《飞行客栈》。切斯特顿以其独特的写作风格和对社会、宗教及政治的深刻思考,对20世纪的文学和思想产生了深远影响。

2   《飞行客栈》(*The Flying Inn*)是切斯特顿于1914年出版的小说。故事讲述了英国在未来被禁止销售酒类饮品,主人公达尔伦·达尔和他的朋友汉弗莱·潘普斯特共同经营一个移动酒馆,对抗严苛的禁酒法。小说以幽默和讽刺的笔调,探讨了自由、权威和人性的主题,展现了切斯特顿独特的文学风格和思想深度。

"'若有天使从天降,

赐你饮品莫惊慌。

感谢他的好意愿,

转身倒入水池旁。'"

"没错,"尼克说,"我想他比沃尔波尔要好。"

"哦,他当然是更好的人,"比尔说,"但沃尔波尔是更好的作家。"

"我不这么认为,"尼克说,"切斯特顿是经典作家。"

"沃尔波尔也是经典作家。"比尔坚持道。

"我真希望他们俩都在这儿,"尼克说,"明天我们可以带他们俩去沃伊克斯钓鱼。"

"让我们大醉一场吧。"比尔说。

"来吧。"尼克同意。

"我老爸不会介意的。"比尔说。

"你确定?"尼克问。

"我知道他不会。"比尔说。

"我现在有点醉了。"尼克说。

"你没醉。"比尔说。

他从地上站起来,伸手拿过威士忌瓶。尼克举起杯子，他的目光紧盯着杯子，看着比尔倒酒。

比尔倒了半杯威士忌。

"自己加水吧，"他说，"只剩下一点酒了。"

"还有吗？"尼克问。

"多的是，但我爸只让我喝已经开瓶的。"

"当然。"尼克说。

"他说打开新瓶子会让人变成酒鬼。"比尔解释道。

"没错。"尼克说。这个说法让他耳目一新。他从未想过这一点。他一直以为喝酒才会让人变成酒鬼。

"你爸怎么样？"他肃然起敬地问。

"他挺好，"比尔说，"只是有时候有点疯疯癫癫。"

"他是个好人。"尼克说。他将水壶里的水倒进自己的杯子，水慢慢与威士忌混合，杯子里的威士忌比水多。

"他绝对是个好人。"比尔说。

"我老爸也不赖。"尼克说。

"那是当然。"比尔说。

"他说他一生滴酒不沾。"尼克说，仿佛在宣布一个科学事实。

"嗯，他是个医生嘛。我老爸是个画家，这不一样。"

"他错过了很多东西。"尼克悲伤地说。

"说不准，"比尔说，"每件事都有得有失。"

"他自己说他错过了很多。"尼克坦白道。

"嗯，但我爸有过一段艰难的日子。"比尔说。

"万事有得便有失。"尼克说。

他们坐在那里，看着火光，思索着这个深刻的真理。

"我要去后廊拿一块木头。"尼克说。在紧盯炉火时，他注意到火在渐渐熄灭。他也想证明自己能够喝酒不误事。即使他父亲滴酒不沾，比尔也休想在自己喝醉之前把他灌倒。

比尔说："拿一块大的山毛榉木。"他也刻意表现出一副头脑清醒的样子。

尼克抱着木头从厨房进来，经过时撞翻了厨房桌上的一口平底锅。他把木头放下，捡起平底锅。锅里装着浸在水中的干杏脯。他小心翼翼地把地上的杏脯捡起来，有些滚到了炉子下面，然后把它们放回锅里，又从桌旁的水桶里舀了一些水倒进去。他非常自豪，觉得自己非常清醒。

他抱着木头进来，比尔从椅子上站起来，帮他把木头放进火里。

"这是块好木头。"尼克说。

"我一直等着坏天气来了才用它，"比尔说，"这样的木头可以烧一整晚。"

"早上还会变成炭接着生火。"尼克说。

"没错。"比尔附和道。他们的对话有些飘飘然。

"再来一杯吧。"尼克说。

"我想柜子里还有一瓶打开的酒。"比尔说。

他跪在角落里的柜子前，拿出一瓶方形的酒。

"是苏格兰威士忌。"他说。

"我去拿些水。"尼克说。他又走进厨房，用舀子从水桶里舀了些冷泉水，把水罐装满。回客厅的路上，他经过餐厅的一面镜子，看了看镜中的自己。他的脸看起来很奇怪。他对镜子里的脸笑了笑，镜子里的脸也咧嘴笑了。他向镜子里的脸眨了眨眼，然后继续走。这不是他的脸，但他并不在意。

比尔已经倒好了酒。

"这杯酒可真多。"尼克说。

"不是为我们喝的，韦梅奇。"比尔说。

"那我们要为什么干杯？"尼克举起酒杯问道。

"为钓鱼干杯吧。"比尔说。

"好，"尼克说，"先生们，我提议为钓鱼干杯。"

"为各种各样的钓鱼,"比尔说,"无论在哪里。"

"钓鱼,"尼克说,"我们就为钓鱼干杯。"

"这比棒球好。"比尔说。

"根本没法比,"尼克说,"我们怎么会谈起棒球呢?"

"那是个错误,"比尔说,"棒球是傻瓜的游戏。"

他们喝光了杯中的酒。

"现在我们为切斯特顿干杯。"

"还有沃尔波尔。"尼克插嘴道。

尼克倒了酒,比尔加了水。他们看着对方,感觉棒极了。

"先生们,"比尔说,"我提议为切斯特顿和沃尔波尔干杯。"

"没错,先生们。"尼克说。

他们喝了酒。比尔把杯子重新倒满。他们坐在壁炉前的大椅子上。

"你真聪明,韦梅奇。"比尔说。

"什么意思?"尼克问。

"断了和玛吉的关系。"比尔说。

"我想是吧。"尼克说。

"这是唯一的选择。如果没断,现在你可能已经回去工作，玩命攒钱结婚了。"

尼克没说话。

"男人一结婚就完蛋了，"比尔继续说，"他就再也没什么东西了。什么都没了。一无所有了。他就彻底废了。你见过那些结婚的家伙。"

尼克仍然沉默不语。

"你都能看出来，"比尔说，"他们有种结过婚的傻样。他们完蛋了。"

"是啊。"尼克说。

"断了可能是件坏事，"比尔说，"但你总会爱上别人，然后一切就会好起来。爱上她们，但不要让她们毁了你。"

"是的。"尼克说。

"如果你娶了她，你就得娶她的整个家庭。记得她母亲和她嫁的那个男人吧？"

尼克点了点头。

"想象一下，他们一直在你家里。周日你要去他们家吃饭，他们也来你家吃饭。她还一直告诉玛吉该做什么，该怎么做。"

尼克坐着没说话。

"你走出那段关系真是太好了，"比尔说，"现在她可以嫁个和她一样的人，安定下来，幸福地生活。油和水是混不到一起的，结婚那种事也一样。正如我不能娶在斯特拉顿家工作的艾达。她大概倒是挺乐意的。"

尼克什么也没说。酒劲全散了，只剩下他一个人。比尔仿佛不在这里，他也没有坐在炉火前，明天也不会跟比尔和他老爸一起去钓鱼什么的。他没有醉。这一切都过去了。他唯一知道的是他曾经拥有玛乔丽，但现在失去了她。她走了，是他打发她走的。这才是最重要的。他大概再也不会见到她了。大概永远不会了。一切都过去了，结束了。

"我们再来一杯吧。"尼克说。

比尔倒了杯酒，尼克加了一点水。

"如果你走了那条路，我们现在就不会在这里了。"比尔说。

这倒是不假。他原本打算回家找份工作，计划整个冬天都待在夏洛瓦，这样就可以离玛吉近一点。现在，他不知道自己该做什么。

"也许我们明天就不会去钓鱼了，"比尔说，"你当时做得很对。"

"我没办法。"尼克说。

"我知道。事情就是这么回事。"比尔说。

"突然之间,一切都结束了,"尼克说,"我不知道为什么会这样。我无能为力。就像现在刮起三天大风,吹掉了所有树叶。"

"嗯,结束了,这才是关键。"比尔说。

"是我的错。"尼克说。

"谁的错已经无所谓了。"比尔说。

"是啊,我想也是。"尼克说。

最重要的是玛乔丽已经走了,大概再也见不到她了。他曾经和她谈到一起去意大利,谈到他们会有多么快乐的时光。他们曾计划一起去的地方。如今,一切都过去了。

"结束了,这才是最重要的,"比尔说,"告诉你,韦梅奇,事情发生的时候我很担心。你处理得很好。我听说她母亲气得要命。她告诉很多人你们订婚了。"

"我们没订婚。"尼克说。

"大家都说你们订婚了。"

"那我也没办法,"尼克说,"我们没有。"

"你们不是要结婚吗?"比尔问。

"是啊。但我们没订婚。"尼克说。

"有什么区别?"比尔认真地问。

"我不知道,但确实有区别。"

"我看不出来。"比尔说。

"好吧,"尼克说,"让我们大醉一场吧。"

"好啊,"比尔说,"喝个痛快。"

"喝醉了然后去游泳。"尼克说。

他一口喝干了杯中酒。

"我对她深感内疚,但有什么办法呢?"他说,"你知道她妈是什么样的人!"

"她妈太可怕了。"比尔说。

"突然之间,一切都结束了,"尼克说,"我不该说这个。"

"你没说,"比尔说,"是我说的,现在我说完了。咱们以后再也不提这事了。你也不必再去想了,省得再陷进去。"

尼克之前并没有去想这件事。事情似乎已经尘埃落定。那只是个想法而已。想想让他感觉好了一些。

"是啊,"他说,"总有这种风险。"

他现在觉得开心了。没有什么是不可挽回的。或许

三天大风

他星期六晚上可以进城。今天是星期四。

"总有机会的。"他说。

"你要好好照看自己。"比尔说。

"我会的。"他说。

他觉得开心。没有什么结束了。没有什么永远失去了。他决定星期六进城。他觉得轻松了,就像比尔开始谈论那件事之前一样。总有办法的。

"我们带上枪,去岬角找你爸吧。"尼克说。

"好啊。"

比尔从墙上的枪架上取下两支猎枪。他打开一个装弹盒。

尼克穿上他的麦基诺大衣和鞋子。他的鞋子被烘得很硬。他还是有些醉意,但头脑清醒。

"你感觉怎么样?"尼克问。

"很好。微醺。"比尔正在扣他的毛衣。

"喝醉没什么用。"

"是啊,我们应该出去走走。"

他们走出门,外面正刮着大风。

"在这种风里,鸟儿会直接趴在草地上。"尼克说。

他们朝果园走去。

"今天早上我看到一只丘鹬。"比尔说。

"也许我们会碰到它。"尼克说。

"在这种风里你没办法射击。"比尔说。

现在，出了门，玛乔丽的事情不再那么悲惨，甚至不再那么重要。大风把这些烦恼都吹走了。

"风是从大湖那边吹过来的。"尼克说。

顶着风，他们听到一声猎枪的闷响。

"那是我爸，"比尔说，"他在沼泽地里。"

"我们往那边走。"尼克说。

"我们从低处的草地穿过去，看看能不能惊起什么东西。"比尔说。

"好啊。"尼克说。

这些事现在都不重要了。风把它们全都吹出了他的脑海。无论如何，他还可以在星期六晚上进城。这是一个很好的备选。

过密西西比河

开往堪萨斯城的火车在密西西比河东边的一个侧轨停了下来。尼克望向窗外，看着那条积了半尺厚尘土的道路。除了道路和几棵灰头土脸的树木，什么都没有。一辆马车在车辙中颠簸前行，车夫无精打采地坐在震动的弹簧座椅上，任由缰绳松松垮垮地垂在马背上。

尼克看着那辆马车，想知道它要去哪儿，车夫是否住在密西西比河边，是不是经常去钓鱼。马车颠簸着驶出了视线，尼克的思绪转到了纽约正在进行的世界大赛[1]上。他回想起第一次在白袜队球场观看比赛时，"快乐"费尔施的本垒打，"瘦子"索利大幅挥棒，膝盖几乎碰到地面，白色的小球画出一道长长的弧线，飞向中外野的绿色围栏，费尔施低着头冲向一垒的白色垫子，露天看台上传来球迷为抢球而发出的欢呼声。

火车启动时，蒙着尘土的树木和褐色的道路开始向后移动，卖杂志的小贩沿着过道摇摇晃晃地走来。

---

[1] 世界大赛（World Series）是美国职业棒球大联盟每年举行的总冠军赛，由美国联盟的冠军球队和国家联盟的冠军球队进行七场四胜制比赛。始于1903年，这项赛事通常在每年10月举行，被视为美国最重要的体育赛事之一。世界大赛不仅展示了顶级棒球队的竞争实力，还深受广大球迷的喜爱，具有重要的文化和历史意义。

"有世界大赛的消息吗？"尼克问他。

"白袜队赢了最后一场比赛。"小贩回答，像个水手一样，摇晃着身子从车厢过道中穿过。这个回答让尼克心中一暖。白袜队击败了对手。这种感觉真好。尼克打开《星期六晚邮报》开始阅读，偶尔抬头望向窗外，想着能瞥见密西西比河。过密西西比河是一件大事，他想，他希望好好享受这一时刻。

景色像河水一样从窗外流过：道路、电报杆、偶尔出现的房屋和平坦的褐色田野。尼克原本期望看到密西西比河岸的悬崖峭壁，但最终，在经过一段似乎无边无际的沼泽地之后，他透过车窗看到火车头驶上了一座长桥，桥下是一片宽阔、泥泞的褐色水域。对岸是荒凉的山丘，而近岸是一片平坦的泥滩。河水似乎并没有在流动，而是像一个不断变化的固体湖泊，在桥墩突出的地方还形成了些许漩涡。尼克望着那片平坦、缓缓流动的褐色水面，马克·吐温、哈克·费恩、汤姆·索亚[1]和拉

---

[1] 哈克贝利·费恩和汤姆·索亚是美国作家马克·吐温笔下的经典文学角色，分别出现在《哈克贝利·费恩历险记》和《汤姆·索亚历险记》中。哈克贝利·费恩是一个自由奔放、机智聪明的少年，厌恶束缚，喜欢冒险。汤姆·索亚则是一个富有想象力、调皮捣蛋的孩子，热衷于探险和恶作剧。

萨尔[1]的形象在他的脑海中交织在一起。他心中愉快地想着：无论如何，我已经见过密西西比河了。

---

[1] 拉萨尔是17世纪法国探险家，以探索北美洲中部和南部而闻名。他在1682年沿密西西比河探险，并宣称流域为法国所有，命名为"路易斯安那"。拉萨尔的探险为法国在北美的殖民扩张奠定了基础。

拳击手

尼克站起来。他没事。他顺着铁轨望去，看到尾车的灯光在弯道处渐渐消失。铁轨两侧都是水，再往外就是落叶松沼泽。

他摸了摸自己的膝盖。裤子破了，皮肤擦伤了，手也刮破了，指甲下面嵌满了沙子和煤渣。他走到铁轨边的小坡下，来到水边，洗了洗手。他在冷水中仔细地清洗双手，洗净指甲下面的污垢。他蹲下来，洗了洗膝盖。

那个混蛋列车员。他迟早会找他算账的。他会给那个家伙点颜色看看的。他绝对该这么干。

"过来，孩子，"那家伙说，"我有东西给你。"

他上当了。他真幼稚。他再也不会这样被骗了。

"过来，孩子，我有东西给你。"然后砰的一声，他的双手和膝盖着地，摔在了铁轨边。

尼克揉了揉眼睛。一个大包鼓了起来。眼圈肯定会变黑。已经开始疼了。那个混蛋列车员真是个王八蛋。

他用手指摸了摸眼睛上方的肿块。唉，好吧，只是个黑眼圈而已。他全部的伤就是这些。算便宜了。他希望能看到自己的样子，但他看不清水中的倒影。天色已晚，离任何地方都还很远。他在裤子上擦干净手，站起来，爬上路堤，回到铁轨上。

他沿着铁轨走。铁轨铺得很好，走起来很方便。枕木间填满了沙子和碎石，踩上去很结实。平坦的路基像一条堤道，穿过沼泽向前伸展。尼克沿着铁轨走着。他必须找到一个落脚的地方。

尼克趁货运列车在沃尔顿枢纽外的调车场减速时跳上了车。天色开始变暗时，他和火车一起经过了卡尔卡斯卡。这会儿应该快到曼塞罗那了。前面还有三四英里的沼泽地。他沿着铁轨走，踩在枕木间的碎石上，沼泽在升起的雾气中显得阴森可怖。他的眼睛生疼，肚子也很饿。他继续前行，把一英里一英里的铁轨甩在身后。铁轨两边是一成不变的沼泽。

前方有一座桥。尼克走过桥时，靴子在铁桥上发出空洞的声响。桥下的水在枕木间的缝隙中显得黑漆漆的。尼克踢到一颗松动的钉子，它掉进水里。桥外是山，阴沉地耸立在铁轨两侧。顺着铁轨往前走，尼克看到了一处火光。

他沿着铁轨小心翼翼地向火光走去。火光在铁轨一侧，路堤下面。他只看到了火光。铁轨穿过一个切口，在火光燃烧的地方是一片开阔的空地，延伸到树林之中。尼克小心地从路堤上走下来，穿过树林，走向火光。那是一片山毛榉林，落下的山毛榉果在他的鞋下发出轻微的声响。火光现在变得明亮，就在树林的边缘。一个人正坐在火旁。尼克躲在树后观察。那人似乎是独自一人。他双手抱头，看着篝火。尼克走出树影，走进火光中。

那人坐在那里盯着火光看。尼克走近时，他一动不动。

"你好！"尼克说。

那人抬起头。

"你的黑眼圈是怎么弄的？"他说。

"一个列车员打的。"

"从直达货车上下来的？"

"没错。"

"我看到那个混蛋了，"那人说，"大约一个半小时前他经过这里。他走在车顶上，一边拍着胳膊一边唱歌。"

"那个混蛋！"

"揍你一定让他感觉很爽。"那人正色道。

"我也会揍他一顿的。"

"等他经过时，找块石头扔他。"那人建议道。

"我会找机会的。"

"你挺狠的，是吧？"

"不是。"尼克回答。

"你们这些孩子都挺狠。"

"得狠点才行。"尼克说。

"我说的就是这意思呢。"

那人看着尼克,笑了笑。在火光中,尼克看到他的脸是畸形的。他的鼻子塌陷,眼睛是两道缝隙,嘴唇形状奇怪。尼克并没有一下子察觉到这些细节,他只是看到那人的面相奇特而且毁容了。那张脸的颜色像油灰,在火光中看起来毫无生气。

"你不喜欢我的脸吗?"那人问。

尼克有些尴尬。

"当然不是。"他说。

"看看这个!"那人摘下了帽子。

他只有一只耳朵。那只耳朵厚实地贴在头侧。另一只耳朵的位置上只剩下一截耳根。

"见过这样的吗?"

"没有。"尼克说。他感到有点恶心。

"我能挺住,"那人说,"你不觉得我能挺住吗,小子?"

"当然能!"

"他们的手都在我身上打废了，"那个小个子男人说，"他们伤不了我。"

他看着尼克。"坐下，"他说，"想吃点什么吗？"

"别麻烦了，"尼克说，"我要进城。"

"听着！"那人说，"叫我阿德。"

"当然！"

"听着，"那个小个子男人说，"我有点不对劲。"

"怎么了？"

"我疯了。"

他戴上帽子。尼克觉得想笑。

"你没事的。"他说。

"不，我有事。我真的疯了。听着，你有没有发过疯？"

"没有，"尼克说，"你是为什么疯的？"

"我也不知道，"阿德说，"你疯了的时候，自己是不知道的。你认识我吧？"

"不认识。"

"我是阿德·弗朗西斯。"

"真的？"

"你不相信吗？"

"相信。"

拳击手

尼克知道这一定是真的。

"你知道我是怎么打败他们的吗?"

"不知道。"尼克说。

"我的心跳得慢。每分钟只跳四十下。摸摸看。"尼克犹豫了一下。

"来吧,"那人抓住了他的手,"握住我的手腕。把手指放在那里。"

那个小个子男人的手腕很粗,肌肉在骨头上隆起。尼克感觉到他手指下缓慢的脉动。

"有手表吗?"

"没有。"

"我也没有,"阿德说,"如果没有手表,那就不好办了。"尼克松开了他的手腕。

"听着,"阿德·弗朗西斯说,"再握一次。你来数,我也数到六十。"

尼克感觉到手指下缓慢而有力的脉搏,开始数数。他听见那个小个子男人缓慢地出声数着:"一,二,三,四,五……"

"六十,"阿德数完了,"这是一分钟。你数了多少?"

"四十。"尼克说。

"没错,"阿德高兴地说,"它从不加速。"

一个人从铁路的路堤上跳下来,穿过空地,走向火堆。

"嘿,柏格斯!"阿德说。

"嘿!"柏格斯回答。尼克从他的走路姿势知道他是一个黑人。他背对着他们,弯腰在火堆上忙活。他直起身来。

"这是我的朋友柏格斯,"阿德说,"他也疯了。"

"很高兴见到你,"柏格斯说,"你说你从哪儿来的?"

"芝加哥。"尼克说。

"那是个好地方,"黑人说,"我还不知道你的名字。"

"亚当斯,尼克·亚当斯。"

"他说他从没疯过,柏格斯。"阿德说。

"他还有很多事要经历呢。"那个黑人说。他在火堆旁拆开一个包裹。

"我们什么时候吃饭,柏格斯?"那个拳击手问。

"马上。"

"你饿了吗,尼克?"

"饿得要命。"

"听到没,柏格斯?"

"我一般都能听到发生的事情。"

"我不是问你这个。"

"是的,我听到了这位先生的话。"

他在煎锅里放了几片火腿。当煎锅变热时,油脂开始噼啪作响。柏格斯弯着黑人长长的双腿,蹲在火堆旁,翻动火腿并打入几个鸡蛋,倾斜煎锅使热油流到鸡蛋上。

"亚当斯先生,你能从袋子里拿些面包出来切几片吗?"柏格斯从火堆旁转过身来说。

"当然。"

尼克伸手到袋子里,拿出一条面包,切了六片。阿德看着他,身子前倾。

"让我用一下你的刀,尼克。"他说。

"别想,"那个黑人说,"亚当斯先生,拿稳你的刀。"拳击手坐了回去。

"你能把面包拿过来吗,亚当斯先生?"柏格斯问道。尼克把面包递了过去。

"你喜欢用面包蘸火腿油吗?"黑人问。

"当然喜欢!"

"还是等会儿再说吧。最好等到快吃完的时候。给。"

那个黑人拿起一片火腿放在面包上,再把一个鸡蛋盖到最上面。

"请把那个三明治夹好,好吗?然后给弗朗西斯先生。"

阿德接过三明治,吃了起来。

"小心蛋黄流出来,"那个黑人提醒道,"这个给你,亚当斯先生,剩下的是我的。"

尼克咬了一口三明治。那个黑人坐在他对面,挨着阿德。热腾腾的煎火腿和鸡蛋味道棒极了。

"亚当斯先生是真的饿了。"那个黑人说。那个尼克所知曾是拳击冠军的小个子男人沉默不语。自从那个黑人提到刀之后,他就一言不发。

"我能请你来上一片蘸着热火腿油的面包吗?"柏格斯问。

"非常感谢。"

那个小个子白人注视着尼克。

"你要来点吗,阿道夫·弗朗西斯先生?"柏格斯举着煎锅问。

阿德没有回答,他盯着尼克。

"弗朗西斯先生?"那个黑人的声音柔和地传来。

阿德没有回答,他一直看着尼克。

拳击手　　　　　　　　　　　　　　　　　　　73

"我在跟你说话呢，弗朗西斯先生。"那个黑人柔声说道。

阿德继续盯着尼克，他的帽檐很低，几乎遮住了眼睛。尼克感到一阵紧张。

"你他妈的到底是怎么回事？"阿德从帽檐下厉声对尼克说道。

"你他妈以为你是谁？你这个讨厌鬼。没人邀请你来这里，你却跑来吃别人的食物，当别人想借把刀时，你还一副傲慢的样子。"

他怒视着尼克，脸色苍白，眼睛几乎完全被帽檐遮住了。

"你真是个大人物。谁他妈让你跑到这里来的？"

"没人。"

"没错，确实没人让你来。也没人让你留下。你跑到这里，对我的脸摆出一副轻蔑相，抽我的雪茄，喝我的酒，还一脸傲慢。你他妈凭什么这么嚣张？"尼克没有说话。阿德站了起来。

"我告诉你，你这个胆小的芝加哥混蛋。你会被打得满地找牙的。听明白了吗？"

尼克往后退了一步。那个小个子男人慢慢朝他走过来。他拖着脚往前走，左脚先迈出一步，右脚再拖着跟上。

"打我啊，"他晃了晃头，"试试看，打我。"

"我不想打你。"

"你别想这么逃过去。你要挨一顿揍，明白吗？来吧，出手吧。"

"别闹了。"尼克说。

"好吧，你这个混蛋。"

小个子男人低头看着尼克的脚。就在他低头的时候，那个在他离开火堆后一直跟在后面的黑人，摆好姿势，在他的后脑勺上一敲。他向前倒去，柏格斯把用布裹着的警棍丢在草地上。小个子男人躺在草地上，脸朝下。那个黑人把他抱起来，回到火堆旁。他的头耷拉着。他的脸色很差，眼睛睁着。柏格斯轻轻地把他放下。

"亚当斯先生，能帮我把那桶水拿过来吗？"他说，"我怕我下手有点重了。"

那个黑人用手把水泼在小个子男人的脸上，轻轻地拉了拉他的耳朵。他的眼睛闭上了。

柏格斯站起来。

"他没事，"他说，"不用担心。很抱歉，亚当斯先生。"

拳击手

"没关系。"尼克低头看着那个小个子男人。他看到草地上的警棍,把它捡起来。警棍有一个灵活的手柄,拿在手中很柔韧。手柄是用磨损的黑色皮革制成的,警棍重的一端用手帕包着。

"那是鲸骨手柄,"黑人笑着说,"现在已经停产了。我不知道你的自卫能力如何,反正我不想你伤到他,或是让他受更多的伤。"

那个黑人再次微笑。

"你自己把他打伤了。"

"我知道怎么做。他不会记得任何事情。他变成这样时,我必须这么做才能让他恢复正常。"

尼克仍然低头看着那个小个子男人。他躺在那里,在火光中闭着眼睛。柏格斯往火堆里添了些木头。

"亚当斯先生,别担心他。我见过他这样很多次了。"

"他是怎么疯的?"尼克问。

"哦,很多原因,"那个黑人在火堆旁回答,"亚当斯先生,要不要来杯咖啡?"

他把杯子递给尼克,并把枕在昏迷男人头下的外套抚平。

"他挨了太多打,这是一个原因,"那个黑人啜了一口咖啡,"但这只是让他变得有点头脑简单。然后他妹妹是他的经纪人,他们总是被报纸报道,说什么兄妹情深,她如何爱她哥哥,他如何爱他妹妹。后来他们在纽约结婚了,这事引起了很多不愉快。"

"我记得这事。"

"当然了。其实他们根本不是兄妹,但很多人就是看不顺眼。他们开始有了矛盾。后来有一天,她离开了他,再也没有回来。"

他喝了口咖啡,用粉红的手掌擦了擦嘴。

"他就这样疯了。亚当斯先生,还要来点咖啡吗?"

"谢谢。"

"我见过她几次,"黑人继续说,"她是个非常漂亮的女人,长得和他像极了,简直像双胞胎一样。如果他的脸没被打坏的话,长得也不差。"

他停下来。故事似乎讲完了。

"我是在监狱里遇见他的,"黑人说,"她离开后,他一直跟人打架,所以被关进了监狱。我是因为砍了人被关进去的。"

他笑了笑,继续柔声说道:"我立刻就喜欢上了他,出狱后我就去找他。他认为我疯了,但我不介意。我喜欢和他在一起，喜欢四处看看，而且这样做用不着去偷窃。我喜欢像个绅士一样生活。"

"你们都做些什么？"尼克问。

"哦，不做什么。就是到处走走。他有钱。"

"他一定赚了不少钱。"

"当然。不过他把钱都花光了，或者是被别人拿走了。她会寄钱给他。"

他拨了拨火堆。

"她是个非常不错的女人，"他说，"她长得和他像极了，简直像双胞胎。"

黑人看了看那个小个子男人，他正躺着，呼吸沉重。他的金发垂在额头上，破相的脸在安宁中显得稚气。

"亚当斯先生，我现在可以随时叫醒他。如果你不介意的话，我希望你能离开。我不想显得这么不好客，但他看到你可能又会激动起来。我不喜欢这样打他，但他一发作就只能这么做。我必须让他远离人群。你不介意吧，亚当斯先生？别谢我，亚当斯先生。我本想提醒你他的情况，但他似乎对你怀有好感，我以为一切会没事的。沿着铁轨再走两英里，你会走到一个叫曼瑟罗纳的小镇。再见。我真希望能留你过夜，但这不太现实。你要不要带点火腿和面包走？不要？那你最好带个三明治吧。"他这一切都是用低沉、平和而礼貌的黑人嗓音说的。

"很好。那么，再见了，亚当斯先生。再见，祝你好运！"

尼克离开火堆，穿过空地走向铁道。在离开火堆的范围后，他停下来听了听。那个黑人在用低沉柔和的声音说话，但尼克听不清具体的词句。然后他听到那个小个子男人说："我头疼得厉害，柏格斯。"

"会好起来的，弗朗西斯先生，"黑人的声音在安慰他，"喝杯热咖啡吧。"

尼克爬上路堤，沿着铁轨走去。他发现手里有一个火腿三明治，便把它放进口袋里。他在铁轨进入山丘前的坡道上回头眺望，还能够看到空地上的火光。

越野滑雪

缆车又颠了一下,然后停了下来。它不能再前进了,雪已经在轨道上堆积成了一堵厚厚的雪墙。山上狂风呼啸,将裸露山体上的积雪吹成了一层坚硬的冰壳。尼克正在行李车厢里给他的滑雪板上蜡,把靴子塞进固定器里,紧紧地扣上夹钳。他从车厢侧面跳到坚硬的冰壳上,跳转身子,弯腰下蹲,拖着滑雪杖,猛然滑下山坡。

乔治在下面的雪地上忽落忽起,再一落后不见了踪影。顺着山间陡坡疾驰而下的感觉,让尼克的意识抽离出来,身体里只剩下美妙的飞行和下坠感。他滑上一个小坡,接着雪似乎从他脚下消失了,他一路向下,越来越快,飞驰在最后那段陡峭的长坡上。他弯着腰,尽量将重心放低,几乎坐在滑雪板上,雪像沙尘暴一样打在身上,他知道速度太快了。但他坚持着,不让自己摔倒。然后,一个风留下的软雪坑将他绊倒了,他感觉自己像一只被射中的兔子,在滑雪板的撞击中翻滚着,最后卡在了雪中,双腿交叉,滑雪板直直地插在雪里,鼻子和耳朵里都塞满了雪。

乔治站在坡下不远处,用力拍打着滑雪服上的积雪。

"你摔得真漂亮,迈克,"他对尼克喊道,"那片软雪真糟糕,我也是被它绊倒的。"

"过了陡坡是什么样子？"尼克躺在地上，踢着滑雪板，挣扎着站起来。

"你得靠左滑。那是一段会滑得很快的下坡，底部因为有围栏，你需要做一个克里斯蒂转弯[1]。"

"等会儿我们一起下去。"

"不，你先滑。我想看你怎么滑过那个陡坡。"

尼克·亚当斯从乔治身边走过，乔治那厚实的背部和金黄的头发上还沾着点点雪粉。然后尼克的滑雪板在边缘一滑，猛地俯冲下去，在晶莹的粉雪中发出"咝咝"声，随着他在起伏波动的陡坡上时上时下，看起来像是浮上来又沉下去。他保持在左侧滑行，在接近围栏时，双膝紧紧并拢，身体像拧紧的螺丝一样旋转，将滑雪板急速向右转动，在一片雪雾中减速，最终在平行于山坡和铁丝围栏的地方停了下来。

他抬头望向山坡。乔治正以泰勒马克[2]的姿势跪着

---

1 克里斯蒂转弯（Christie turn），滑雪术语，由滑雪先驱克里斯蒂安·米德勒发明。指在快速滑雪时使用平行滑雪板进行的转弯技术。通过双板平行滑行，并同步旋转，以保持速度和控制方向，适用于陡坡或需要快速转弯的情况。

2 泰勒马克（Telemark）是一种滑雪技术，滑雪者在转弯时前腿弯曲、后腿跪地，保持一种跪姿。适用于下坡滑雪和越野滑雪。

滑行，一条腿前伸弯曲，另一条腿拖在后面，滑雪杖像昆虫的细腿悬挂着，在接触雪面时激起阵阵雪雾。最终整个跪着、拖行的身影来了一个漂亮的右转弯，弯腰低身，双腿前后快速伸展，身体向外倾斜以对抗转弯的力量，滑雪杖像两个光点在画出的弧线上闪烁，整个过程都笼罩在一片纷飞的雪云中。

"我不敢做克里斯蒂转弯，"乔治说，"雪太深了。你滑得真漂亮。"

"我的腿做不了泰勒马克。"尼克说。

尼克用滑雪板压住铁丝围栏的顶端，乔治翻了过去。尼克跟着他来到大路上。他们沿着路屈膝滑进一片松林。道路变成了光滑的冰面，被运木头的车队染成了橙色和烟黄色。两人沿着路边的雪地滑行。道路陡然下到一条小溪，又直上山坡。透过树林，他们可以看到一座屋檐低矮、饱经风霜的长条建筑。透过树木，那建筑呈现褪色的黄色。靠近些，可以看到窗框涂成了绿色。油漆正在剥落。尼克用滑雪杖敲松夹钳，踢掉了滑雪板。

"我们不如把滑雪板拿上去。"他说。

他肩上扛着滑雪板，脚后跟的铁钉踢进冰冻的路面，沿着陡峭的山路往上爬。他听到乔治在他身后喘着气，也在用脚后跟扎进地面。他们把滑雪板靠在旅馆的墙边，拍掉彼此裤子上的雪，跺干净靴子，走了进去。

屋内相当昏暗。一个大瓷火炉在房间的角落里亮着火光。天花板很低。房间两侧是光溜溜的长凳，摆在酒渍斑斑的深色桌子后面。两个瑞士人坐在炉子旁边，抽着烟斗，喝着两杯浑浊的新酿葡萄酒。尼克和乔治脱下外套，在炉子另一侧的墙边坐下。隔壁房间的歌声停了，一个穿着蓝围裙的女孩走进来，看看他们想喝点什么。

"来一瓶锡永葡萄酒[1]，"尼克说，"行吗，吉奇？"

"行啊，"乔治说，"你对葡萄酒比我在行。我什么酒都爱喝。"

女孩走了出去。

"没有什么能比得上滑雪，对不对？"尼克说，"一路滑下来的感觉真是太棒了。"

"是啊，"乔治说，"美妙得无以言表。"

女孩端来了酒，他们弄了半天没弄出瓶塞。最终，

---

[1] 锡永葡萄酒（Sion Wine）产自瑞士瓦莱州的锡永地区，以优质的葡萄园和传统酿造工艺而闻名。这里的葡萄酒种类丰富，包括红、白和玫瑰葡萄酒，具有独特的风味和香气。锡永葡萄酒因高品质和地域特色，深受葡萄酒爱好者的喜爱，代表了瑞士葡萄酒的精华。

尼克把酒打开了。女孩走了出去,他们听到她在隔壁用德语唱歌。

"瓶子里的那些软木塞屑没关系的。"尼克说。

"我在想她有没有蛋糕。"

"我们问问看。"

女孩走进来,尼克注意到她的围裙很明显地遮着隆起的腹部。他心想:真奇怪,我刚才怎么没看到呢。

"你在唱什么?"他问她。

"歌剧,德语歌剧。"她不想谈论这个话题,"如果你们想要的话,我们有苹果卷。"

"她不太热情,是吧?"乔治说。

"哦,也不是。她不认识我们,可能以为我们在取笑她唱歌吧。她大概是从说德语的地方来的,对在这里工作有点敏感。再加上她没结婚就要生孩子了,所以脾气不好。"

"你怎么知道她没结婚?"

"没有戒指。见鬼,这里的女孩都是搞大了肚子才结婚的。"

门开了,一群从大路上来的伐木工人走了进来,跺着靴子,浑身冒着热气。女服务员给这帮人拿来了三升新酒，他们分坐在两张桌子旁，摘下帽子，抽着烟，默默无语，有的靠墙坐着，有的趴在桌上。外面，运木雪橇上的马儿偶尔甩甩头，铃铛发出清脆的叮当声。

乔治和尼克很开心。他们相处得很好。他们知道回家的路还在前面等着。

"你什么时候回学校？"尼克问。

"今晚，"乔治回答，"我得赶上十点四十分从蒙特勒[1]开出的火车。"

"真希望你能多待一会儿，明天我们可以去滑登德吕斯山[2]。"

"我还得上学，"乔治说，"哎呀，尼克，难道你不希望我们就这么一起到处游荡吗？带上我们的滑雪板，坐火车到哪儿滑个痛快，在小旅店里投宿，翻过伯尔尼高

---

[1] 蒙特勒（Montreux）是瑞士沃州的一个美丽城市，位于日内瓦湖畔，背靠阿尔卑斯山，以其风景如画的湖光山色著称。蒙特勒以每年夏季举办的蒙特勒爵士音乐节闻名，吸引了众多国际音乐家和游客。这里的温和气候、豪华酒店和历史悠久的建筑使其成为著名的度假胜地。

[2] 登德吕斯山（Dent de Lys）位于瑞士弗里堡州，海拔 2014 米，是阿尔卑斯山脉的一部分。登德吕斯山以独特的尖峰和壮丽的自然风光吸引着登山者和徒步旅行者。在晴朗的日子里，山顶可以俯瞰广阔的山谷和邻近的群山，是户外运动爱好者和自然爱好者的天堂。

地[1]，直奔瓦莱州[2]，再一路穿越恩嘎丁山谷[3]，背包里只带着修理工具、换洗的毛衣和睡衣，把学校和其他一切都抛在脑后。"

"是啊，还可以那样穿过黑森林[4]。天啊，都是好地方。"

"那是你去年夏天去钓鱼的地方，对吧？"

"是啊。"

他们吃着苹果卷，喝完了剩下的酒。

1　伯尔尼高地（Bernese Oberland）位于瑞士伯尔尼州，是阿尔卑斯山脉的一部分，以壮丽的山峰、湖泊和风景如画的村庄而闻名。著名的旅游胜地如因特拉肯、少女峰和雪朗峰都位于此地。

2　瓦莱州（Valais）位于瑞士南部，以壮丽的阿尔卑斯山脉、葡萄园和冰川著称。瓦莱州的首府是锡永，这里有许多著名的滑雪胜地，如采尔马特和韦尔比耶。瓦莱州也是罗讷河的源头，河谷两侧遍布葡萄园，出产优质葡萄酒。

3　恩嘎丁山谷（Engadin Valley）位于瑞士东南部的格劳宾登州，以壮丽的自然景观和纯净的空气著称。山谷分为上恩嘎丁和下恩嘎丁，拥有美丽的湖泊、河流和传统的阿尔卑斯村庄。这里是滑雪、徒步和其他户外活动的热门目的地，著名的圣莫里茨度假村就位于此地。恩嘎丁山谷以其独特的文化和语言（罗曼什语）吸引了众多游客。

4　黑森林（Black Forest，德语：Schwarzwald）位于德国西南部的巴登-符腾堡州，以密集的松树林、起伏的山丘和传统的木屋闻名。这里是咕咕钟的发源地，拥有丰富的文化和美食，如黑森林蛋糕。黑森林是徒步旅行、骑行和滑雪的理想胜地。

乔治靠在墙上,闭上眼睛。

"葡萄酒总是让我有这种感觉。"他说。

"感觉不好?"尼克问。

"不。感觉很好,只是有点奇怪。"

"我明白。"尼克说。

"当然。"乔治说。

"要再来一瓶吗?"尼克问。

"我不要了。"乔治说。

他们坐在那里,尼克的胳膊肘撑在桌上,乔治慵懒地靠在墙边。

"海伦快生孩子了?"乔治问道,从墙边坐直了身体。

"是啊。"

"什么时候?"

"明年夏末。"

"你开心吗?"

"嗯,目前。"

"你会回美国吗?"

"我想会的。"

"你想回去吗?"

"不想。"

"海伦呢？"

"不想。"

乔治沉默地坐着。他看着空酒瓶和空酒杯。

"真糟糕，是不是？"他说。

"不，算不上。"尼克说。

"为什么？"

"我也不知道。"尼克说。

"你们在美国会一起去滑雪吗？"乔治问。

"我不知道。"尼克说。

"那里的山不太行。"乔治说。

"是的，"尼克说，"岩石太多，树木太多，而且都太远。"

"是的，"乔治说，"加利福尼亚就是这样。"

"是啊，"尼克说，"我去过的地方都是这样。"

"是啊，"乔治说，"都是这样。"

那几位瑞士人站起来，付了钱，走了出去。

"真希望我们是瑞士人。"乔治说。

"他们都有大脖子病。"尼克说。

"我不信。"乔治说。

"我也不信。"尼克说。

他们笑起来。

"也许我们再也不能一起滑雪了,尼克。"乔治说。

"我们一定要滑,"尼克说,"如果不能滑雪,那就没有意义了。"

"我们会去的。"乔治说。

"我们必须去。"尼克同意道。

"真希望我们就此约好了。"乔治说。

尼克站了起来。他扣紧防风夹克,俯身从乔治身边拿起靠在墙上的两根滑雪杖。他把一根滑雪杖戳在地板上。

"约定没有意义。"他说。

他们打开门,走了出去。外面非常冷,雪已经结成了硬壳。道路向山上延伸,进入松林。

他们拿起斜靠在旅馆墙边的滑雪板。尼克戴上手套。乔治已经扛着滑雪板走在路上。现在,他们将一起滑雪回家。

阿尔卑斯牧歌

即使在清晨,下到山谷里也很热。我们背着滑雪板,太阳融化了上面的雪,晒干了木头。山谷里还是春天,但阳光非常炽热。我们沿着道路走进加尔蒂,扛着滑雪板和背包。经过教堂墓地时,刚好有一场葬礼结束。牧师从墓地里走出来,经过我们身边时,我说了声:"上帝保佑。"牧师欠了下身。

"真有趣,牧师从不跟人说话。"约翰说。

"你觉得他们会喜欢说'上帝保佑'。"

"他们从不答话。"约翰说。

我们在路上停下,看着教堂司事在铲新土。一个留着黑胡子、穿着高筒皮靴的农民站在坟墓旁边。教堂司事停下来,直起腰。穿着高筒靴的农民接过铁锹,继续填土——他把土均匀地铺在墓地上,就像在花园里撒肥料一样。在这个明亮的五月清晨,这一幕看起来有些不真实。我无法想象有人刚刚死了。

"想象一下在这样的日子被埋葬。"我对约翰说。

"我可不喜欢。"

"嗯,"我说,"我们不必这么做。"

我们继续沿着道路走,经过小镇的房子,来到旅馆。

我们已经在西尔弗雷塔[1]滑雪一个月了,现在下到山谷的感觉很好。在西尔弗雷塔,滑雪是挺不错,但这是春季滑雪,只有清晨和傍晚的雪比较好。其余时间都被太阳毁了。我们都厌倦了太阳。你没办法躲开它。只有岩石边或冰川旁建在岩石下的小屋里有阴凉,而待在阴凉处,汗水就会在内衣里冻结。不戴护目镜根本没办法坐在屋外。虽然晒黑是一件愉快的事,但太阳也着实令人疲倦。你没法在太阳底下休息。我很高兴能离开雪地,来到山下。春天已经太晚了,不适合待在西尔弗雷塔了。我有点厌倦滑雪了。我们待的时间太久了。我们一直喝从小屋的铁皮屋顶上融化下来的雪水,我现在嘴里还能尝到雪水的滋味。这滋味也是我对滑雪感受的一部分。我很高兴除了滑雪还有别的事可做,也很高兴下到山谷,远离那反季节的高山的春天,进入山谷五月的清晨。

旅馆老板坐在旅馆的门廊上,椅子向后仰,靠在墙上。他的旁边坐着厨师。

"滑雪愉快!"旅馆老板说。

[1] 西尔弗雷塔(Silvretta)是奥地利和瑞士交界处的阿尔卑斯山脉的一部分,以壮丽的冰川和巍峨的山峰闻名。这个地区是滑雪、登山和徒步旅行的热门目的地,拥有丰富的自然景观和多样的野生动植物。

"愉快!"我们回答,把滑雪板靠在墙上,卸下背包。

"上面怎么样?"旅馆老板问。

"很好。就是太阳有点大。"

"是的。每年的这个时候太阳都太大了。"

厨师坐在椅子上。旅馆老板和我们一起走进去,打开他办公室门,拿出我们的邮件。有一堆信和一些报纸。

"咱们来点啤酒吧。"约翰说。

"行。咱们坐在里面喝。"

老板拿来两瓶啤酒,我们边读信边喝。

"我们最好再多要点啤酒。"约翰说。这次是一个姑娘拿来的。她微笑着打开瓶盖。

"很多信啊。"她说。

"是啊,很多。"

"干杯。"她说。然后拿着空瓶子出去了。

"我已经忘了啤酒是什么味道了。"

"我没有,"约翰说,"在小屋里我经常想起它。"

"嗯,"我说,"现在我们有了。"

"任何事情都不该干得太久。"

"是的。我们在山上待得太久了。"

"太他妈久了,"约翰说,"一件事情干太久了没好处。"

　　太阳穿过敞开的窗户,照在桌上的啤酒瓶上。瓶子里还有半瓶啤酒。瓶中的啤酒只有一点点泡沫,不多,因为啤酒非常冷。当你把它倒入高脚杯时,泡沫就冒了出来。我透过打开的窗户望向白色的道路。路旁的树上覆盖着灰尘。远处是一片绿色的田野和一条小溪。溪边有树,还有一个带水车的磨坊。透过磨坊敞开的一侧,我看到一根长长的木头,还有一把锯在木头上起落。似乎没人看管。四只乌鸦在绿色的田野里走来走去。还有一只乌鸦站在树上张望。门廊外,厨师从椅子上站起来,走进通往厨房的过道。屋内,阳光透过空杯子照在桌上。约翰向前欠身,头靠在手臂上。

　　透过窗户,我看到两个男人走上前门的台阶。他们走进酒吧间。其中一个是穿着高筒靴的黑胡子农民。另一个是教堂司事。他们在靠窗的桌旁坐下。那个女孩走进来,站在他们的桌边。农民似乎没有看到她。他坐在那里,双手放在桌子上。他穿着旧军装,两个手肘上都打着补丁。

　　"喝点什么?"教堂司事问。农民没理会。

　　"你喝什么?"

"白兰地。"农民说。

"再来四分之一升红酒。"教堂司事对女孩说。

女孩端来酒,农民喝着白兰地。他看着窗外。教堂司事盯着他。约翰的脑袋靠在桌子上。他睡着了。

旅馆老板走进来,来到桌旁。他用方言说了句什么,教堂司事回答了他。农民望向窗外。旅馆老板走出房间。农民站了起来。他从皮夹子里拿出一张折起来的一万克朗纸币,把它展开。女孩走了过来。

"一起算?"她问。

"一起算。"他说。

"让我自己付葡萄酒钱。"教堂司事说。

"一起算。"农民对女孩重复了一遍。她的手伸进围裙口袋,掏出一把硬币,数出了找零。农民走出了门。他刚一走,旅馆老板就又走进房间,与教堂司事说话。他在桌旁坐下。他们用方言交谈。教堂司事觉得很有趣。旅馆老板却露出厌恶的表情。教堂司事从桌旁站起来。他是个留着小胡子的小个子男人。他的身子探出窗外,向路上望去。

"他进去了。"他说。

"进狮子酒馆了?"

阿尔卑斯牧歌

"是的。"

他们又聊了一会儿,然后旅馆老板走到我们的桌旁。他是高个子,年纪很大了。他看着睡着的约翰。

"他很累啊。"

"是的,我们起得很早。"

"你们现在想吃饭吗?"

"随时都可以,"我说,"有什么吃的?"

"什么都有。女孩会拿菜单来。"

女孩拿来菜单。约翰醒了过来。菜单用墨水写在一张卡片上,卡片夹在一块木板上。

"这儿有菜单。"我对约翰说。他看了看,仍然睡眼惺忪的。

"你要不要跟我们喝一杯?"我问旅馆老板。他坐了下来。"那些农民都是畜生。"旅馆老板说。

"我们进来时在葬礼上看到了那个农民。"

"那是他的妻子。"

"哦。"

"他是个畜生。这些农民都是畜生。"

"这话是什么意思?"

"你不会相信的。你不会相信那家伙都干了些什么。"

"跟我说说。"

"你不会相信的。"旅馆老板对教堂司事说:"弗朗茨,过来一下。"教堂司事带着他的小酒瓶和杯子走了过来。

"这些先生刚从威斯巴登小屋下来。"旅馆老板说。我们握了握手。

"要喝点什么?"我问。

"不用了。"弗朗茨摇了摇手指。

"再来四分之一升?"

"好吧。"

"你听得懂方言吗?"旅馆老板问。

"听不懂。"

"这到底是怎么回事?"约翰问。

"他要给我们讲讲那个填坟墓的农民的事,就是我们进村时看到的那个。"

"反正我也听不懂,"约翰说,"说得太快了。"

"那个农民,"旅馆老板说,"今天把他妻子带来下葬。她是去年十一月去世的。"

"十二月。"教堂司事说。

"没什么区别。她是去年十二月去世的,他通知了社区。"

"十二月十八日。"教堂司事说。

"总之,雪融化之前,他没办法把她带过来下葬。"

"他住在帕兹瑙恩[1]的另一边,"教堂司事说,"但他属于这个教区。"

"他完全没办法把她带过来吗?"我问。

"不行。他住的地方,在雪化之前只能滑雪过来。所以他今天把她带来下葬。神父看到她的脸后,不愿意给她举行葬礼。下面你说吧。"他对教堂司事说:"说德语,别讲方言。"

"神父那里的情况非常有趣,"教堂司事说,"在给社区的报告中,她死于心脏病。我们知道她有心脏病。她有时会在教堂里晕倒。她很久没来了。身体不好,没办法爬山。神父揭开她脸上的毯子时,问奥尔兹:'你妻子受了很多苦吗?''没有。'奥尔兹说,'我进屋时,她已经倒在床上死了。'

"神父又看了看她。他不喜欢这样。

"'她的脸怎么变成这样了?'

"'我不知道。'奥尔兹说。

---

[1] 帕兹瑙恩(Paznaun)是奥地利蒂罗尔州的一个山谷,以美丽的自然风光和丰富的户外活动闻名。

"'你最好弄清楚。'神父说,把毯子盖上。奥尔兹没说话。神父看着他。奥尔兹也看向神父。'你想知道吗?'

"'我必须知道。'神父说。"

"精彩的部分要来了,"旅馆老板说,"注意听。接着讲,弗朗茨。"

"'嗯,'奥尔兹说,'她去世时,我向社区做了报告,然后把她放在了棚子的大梁上。等我要用那些木头时,她已经僵硬了,我就把她立着靠在墙上。她的嘴是张开的,晚上我进棚子去劈大木头时,就把灯笼挂在了她的嘴上。'

"'你为什么要那么做?'神父问。

"'我不知道。'奥尔兹说。

"'你这样做了很多次吗?'

"'每次晚上进棚子干活时都这样。'

"'这非常不对,'神父说,'你爱你的妻子吗?'

"'是的,我爱她,'奥尔兹说,'我非常爱她。'"

"你全明白了吗?"旅馆老板问,"关于他妻子的事,你都明白了吧?"

"我听到了。"

"吃点东西怎么样?"约翰问。

阿尔卑斯牧歌

"你来点菜。"我说。"你觉得这是真的吗?"我问旅馆老板。

"当然是真的,"他说,"这些农民都是畜生。"

"他现在去哪儿了?"

"他去我同行的店里喝酒了。狮子酒馆。"

"他不想和我一起喝酒。"教堂司事说。

"在教堂司事知道他妻子的事情以后,他也不想和我一起喝酒了。"旅馆老板说。

"喂,"约翰说,"吃点东西怎么样?"

"行啊。"我说。

祖国对你说了什么?

山口的道路坚实而平坦，清晨时尚未尘土飞扬。下面是长满橡树和栗树的山丘，再远处是大海。另一边是积雪覆盖的山脉。

我们从山口下来，穿过林木茂密地带。路边堆放着木炭袋，透过树丛，我们看到了烧炭工的小屋。那天是星期天，尽管道路起伏不定，穿过灌木林和村庄，但总是从山口的高度一路向下。

村外有葡萄园。土地是褐色的，葡萄藤粗糙而壮硕。房屋是白色的，街上的男人穿着星期天的衣服，在玩滚球。有些房屋的墙边种着梨树，树枝如烛台一般顶在白墙上。梨树打过药，喷雾在房子的墙壁上留下蓝绿色的斑点。村庄周围有小块空地，种着葡萄藤，再往外便是树林。

在拉斯佩齐亚[1]北边二十公里的一个村庄里，广场上聚集着一群人。一个提着手提箱的年轻人走到车旁，问我们能否捎他去拉斯佩齐亚。

"只有两个座位，而且都有人坐了。"我说。我们开

---

[1] 拉斯佩齐亚（La Spezia）是意大利利古里亚大区的一座港口城市，位于热那亚和比萨之间。它以美丽的海湾和作为前往五渔村（Cinque Terre）及其他沿海景点的门户而闻名。

的是一辆旧福特双门汽车。

"我可以站在外面的脚踏板上。"

"那会很不舒服。"

"没关系。我一定得去拉斯佩齐亚。"

"我们要带上他吗？"我问盖伊。

"看起来他无论如何都要去。"盖伊说。年轻人从车窗递进一个包裹。

"帮我照看这个。"他说。两个男人把他的手提箱绑在车后面，放在我们的箱子上面。他和每个人握了握手，解释说，对一个法西斯党员和像他这样习惯旅行的人来说，这点不舒适算不了什么。他爬上车子左侧的脚踏板，右手穿过打开的车窗，抓住里侧。

"可以出发了。"他说。人群向他挥手告别，他也挥了挥那只空闲的手。

"他刚才说什么？"盖伊问我。

"他说我们可以出发了。"

"他还真客气。"盖伊说。

道路沿着河流延伸。对岸是一片山脉。太阳正在融化草上的霜。天气明亮而寒冷，空气透过打开的风挡玻璃吹进来。

"你觉得他在外面感觉如何？"盖伊看着前方的道路。他那一侧的视线被我们的客人挡住了。那个年轻人从汽车一侧探出身来，像船头的雕像一样。他竖起了外套的领子，拉低了帽子，鼻子在风中看起来很冷。

"也许他快受够了，"盖伊说，"那边正好是破轮胎的一边。"

"要是轮胎爆了，他会开溜的，"我说，"他才不会弄脏那身旅行行头呢。"

"嗯，我才不在乎他，"盖伊说，"除了他在转弯时的姿势。"

树林消失了，道路离开河流，开始攀升。引擎的散热器沸腾起来，那个年轻人恼怒地看着蒸汽和锈水，一脸怀疑。盖伊挂上低速挡，双脚踩在油门上，发动机发出刺耳的声音。汽车向上爬，溜下来，再爬上去，最后终于爬到了平坦的地方。引擎声停止了，在重新降临的寂静中，散热器传来巨大的咕嘟声。我们爬上了最后一道山梁，下面就是拉斯佩齐亚和大海。道路以急弯下降，几乎没有大的转弯。在转弯时，我们的客人就挂在车外，几乎要把这辆头重脚轻的车拉翻了。

"你没法告诉他不要这样做，"我对盖伊说，"这是他的自我保护本能。"

"伟大的意大利本能。"

"最伟大的意大利本能。"

我们沿着弯道下山,碾过厚厚的尘土,尘土把橄榄树也染得风尘仆仆的。拉斯佩齐亚就在山下,沿着海岸铺开。道路在城外变得平坦。我们的客人把头探进车窗。

"我要下车。"

"停车。"我对盖伊说。

我们在路边减速。年轻人下了车,走到车后,解下手提箱。

"我在这里下车,这样你们就不会因为载客惹上麻烦了,"他说,"我的包裹。"

我把包裹递给他。他的手伸进口袋。

"我该付你多少钱?"

"不用。"

"为什么?"

"我不知道。"我说。

"那谢谢了。"年轻人说。不是"谢谢你"或"非常感谢",更不是"千恩万谢"。这些都是过去在意大利,当有人递给你时间表或给你指路时你会说的话。年轻人说了最低形式的"谢谢",还在盖伊发动汽车时怀疑地看着我们。我向他挥了挥手。他太矜持了,没有回应。我们继续驶向拉斯佩齐亚。

"这位年轻人在意大利还有很长的路要走。"我对盖伊说。

"嗯,"盖伊说,"他和我们走了二十公里。"

在拉斯佩齐亚就餐

我们进入拉斯佩齐亚,想找个吃饭的地方。街道宽阔,房屋高大,全都刷成了黄色。我们沿着电车轨道进入市中心。房子的外墙上喷涂着墨索里尼的肖像,眼睛似乎都要瞪出来了,旁边是手绘的"vivas[1]",双 V 用黑色油漆绘制,油漆顺着墙壁流下来。小巷通向港口。天气晴朗,人们都出来过星期天了。石头路面上洒了水,尘土中还有一些湿润的水痕。我们靠近路边,避开一辆电车。

"我们找个简单的地方吃点东西吧。"盖伊说。

1　意大利语,意为"万岁"。

祖国对你说了什么? 　　111

我们在两家餐馆的招牌对面停了车。我在路边买了张报纸。对面,两家餐馆并排而立。其中一家的门口站着个女人,在向我们微笑。于是我们穿过大街,走了进去。

里面很暗,后面的一张桌旁坐着三个女孩和一个老太太。我们对面的另一张桌旁坐着一个水手。他坐在那里,既没吃东西,也没喝酒。再往后,一个穿着蓝色西装的年轻人坐在一张桌旁写东西。他的头上抹了发油,闪闪发亮,穿着非常整洁,看起来干净利落。

光线透过门口和橱窗照进来,橱窗里陈列着蔬菜、水果、牛排和排骨。一个女孩过来给我们点单,另一个女孩站在门口。我们注意到她在家居裙子下面什么也没穿。在我们看菜单时,点单的女孩搂住了盖伊的脖子。总共有三个女孩,她们轮流走出去,站在门口。坐在房间后面桌旁的老太太和她们说了句什么,她们又坐回到她的身边。

屋子里只有一扇门通向厨房,上面挂着门帘。那个给我们点单的女孩从厨房端出意大利面。她把意大利面放在桌上,拿来一瓶红酒,然后在桌旁坐下来。

"好吧,"我对盖伊说,"你想找个简单的地方吃饭。"

"这下子不简单了。复杂了。"

"你们在说什么?"那个女孩问,"你们是德国人吗?"

"南德人,"我说,"南德人是温和可爱的人。"

"听不懂。"她说。

"这地方是什么规矩?"盖伊问道,"我必须得让她把胳膊搭在我的脖子上吗?"

"当然,"我说,"墨索里尼已经取缔了妓院。这是一家餐馆。"

女孩穿着一件连衣裙。她俯身靠在桌子上,把手放在胸前,微笑着。她微笑时一侧比另一侧好看,她把好看的那一侧冲着我们。那一侧脸的魅力因为某个事件而得到了增强,这个事件把她鼻子的另一侧变得柔和,就像热蜡会变柔和一样。不过,她的鼻子并不像热蜡。它非常冷峻坚实,只是柔和了一点。"你喜欢我吗?"她问盖伊。

"他迷上你了,"我说,"但他不会说意大利语。"

"我会说德语。"她说,抚摸着盖伊的头发。

"用你的母语跟这位女士聊聊,盖伊。"

"你们从哪儿来?"那位女士问。

"波茨坦[1]。"

"你们会在这里待一阵子吗?"

"在可爱的拉斯佩齐亚?"我问。

"告诉她我们得走了,"盖伊说,"告诉她我们病得很重,而且没钱。"

"我的朋友是个厌女症患者,"我说,"一个老派的德国厌女症患者。"

"跟他说我爱他。"

我跟他说了。

"你能闭上嘴,带我离开这里吗?"盖伊说。那位女士又把另一只胳膊搭在他的脖子上。"跟他说他是我的。"她说。我跟他说了。

"你能带我离开这里吗?"

"你们在吵架,"女士说,"你们不爱对方。"

"我们是德国人,"我骄傲地说,"老派的南德人。"

"跟他说他是个漂亮的小伙子。"女士说。盖伊已经三十八岁,对自己在法国被当作旅行推销员而颇感骄傲。

---

[1] 波茨坦(Potsdam)是德国勃兰登堡州的首府,以历史悠久的宫殿和花园(如无忧宫)及其在普鲁士历史中的重要地位而闻名。

"你是个漂亮的小伙子。"我说。

"这是谁说的?"盖伊问,"你还是她?"

"是她。我只是你的翻译。你不就是为了这个才拉我一起来的吗?"

"我很高兴是她,"盖伊说,"我可不想把你也留在这里。"

"说不好。拉斯佩齐亚是个可爱的地方。"

"拉斯佩齐亚,"那位女士说,"你们在谈论拉斯佩齐亚。"

"可爱的地方。"我说。

"这是我的家乡,"她说,"拉斯佩齐亚是我的家乡,意大利是我的祖国。"

"她说意大利是她的祖国。"

"告诉她,看着挺像她的祖国。"盖伊说。

"你们有什么甜点?"我问。

"水果,"她说,"我们有香蕉。"

"香蕉很好,"盖伊说,"它们还有层皮。"

"哦,他要香蕉。"那位女士说。她抱住盖伊。

"她说什么?"盖伊问,避开她的脸。

"她很高兴你要香蕉。"

"告诉她我不吃香蕉。"

"这位先生不吃香蕉。"

"啊,"女士失望地说,"他不吃香蕉。"

"告诉她我每天早上都洗冷水澡。"盖伊说。

"这位先生每天早上都洗冷水澡。"

"听不懂。"女士说。

在我们对面,那位道具一般的水手一直没动。店里也没人注意他。

"我们准备结账了。"我说。

"哦,不行。你们必须留下来。"

"听着,"那个干净利落的年轻人从他写东西的桌子那边说,"让他们走吧。这两个人没钱。"

女士抓住我的手。"你不留下吗?你不叫他留下吗?"

"我们得走了,"我说,"我们今晚必须赶到比萨,或者如果可能的话,赶到佛罗伦萨。我们晚上会在那些城市找点乐子。现在是白天。白天我们必须赶路。"

"多待一会儿也不错。"

"天亮时必须得赶路。"

"听着,"那个干净利落的年轻人说,"不用再和这两个人废话了。我告诉过你,他们没钱,我很清楚。"

"给我们账单。"我说。她从老妇人那里拿来了账单,然后回到桌旁坐下。另一个女孩从厨房走出来,穿过房间,站在门口。

"别理这两个人,"那个干净利落的年轻人用疲惫的声音说,"过来吃东西。他们没钱。"

我们付了账,站了起来。所有的女孩、老妇人和那个干净利落的年轻人一起坐在桌旁。那个道具一般的水手则把头埋在手里,整个午餐时间没人和他说过一句话。女孩把老妇人数好的零钱送过来,然后回到桌旁。我们在桌上留了点小费,然后走出门去。当我们坐进车里准备出发时,那个女孩走出来,站在门口。我们发动引擎,我向她挥挥手。她没有回应,只是站在那里,目送我们离去。

雨后

穿过热那亚郊区时,雨下得很大,我们慢悠悠地跟在电车和卡车后面,泥浆还是会溅到人行道上,人们一看到我们就躲进了门廊。在圣皮耶尔达雷纳,热那亚外的工业郊区，有一条两车道的宽阔街道，我们沿着中心线开车，以免把泥浆溅到下班回家的路人身上。我们的左边是地中海。海面波涛汹涌，风把浪花打在车上。我们进入意大利时经过的那条河床，曾经宽阔、多石、干燥，现在却变得泥水滚滚，几乎漫到岸边。褐色的河水使海水变了色，当波浪破碎，变得又薄又清时，光线才穿透黄色的波浪，风裹挟着浪尖，扫过马路。

一辆大车从我们身边疾驰而过，泥水飞溅在我们的风挡玻璃和散热器上。自动雨刷来回摆动，将泥水涂抹在玻璃上。我们在塞斯特里停下来吃午饭。餐厅里没有暖气，我们仍旧戴着帽子，穿着外套。透过窗户，我们能看到停在外面的车，车身裹满了泥浆，停在一些被拉上来躲避风浪的小船旁边。在餐厅里，你能看到自己呼出的白气。

意大利面很好吃，葡萄酒喝起来有股明矾的味道，于是我们往里面加了些水。过了会儿，服务员端来了牛排和炸土豆。在餐厅的另一端，坐着一男一女。男的人到中年，女的则还年轻，穿着黑色衣服。在整个用餐过程中，她一直在湿冷的空气中叹气，而男人看着她呼出的白气，然后摇摇头。他们默默地吃着饭，男人在桌底下握着她的手。她很漂亮,但他们看起来很悲伤。他们带着一个旅行包。

我们带了报纸,我给盖伊大声朗读了上海战事[1]的报道。饭后,他和服务员一起出去找餐厅里没有的厕所,我则用抹布将风挡玻璃、车灯和车牌擦干净。盖伊回来后,我们把车倒出来,再次上路。刚才,服务员带他穿过马路,进了一栋老房子。房子里的人很警觉,服务员一直跟着盖伊,以示没有东西被偷走。

"虽然不知道怎么回事,但好像就因为我不是水管工,他们就觉得我会偷东西。"盖伊说。

我们驶到镇外的一个岬角时,风猛烈地吹打着汽车,差点把车掀翻。

"幸好风是把我们往与海相反的方向吹。"盖伊说。

"是啊,"我说,"雪莱就是在这附近淹死的[2]。"

"那是在维亚雷焦附近,"盖伊,"你还记得我们来

---

[1] 指1937年爆发的淞沪会战。
[1] 珀西·比希·雪莱(Percy Bysshe Shelley),19世纪著名英国浪漫主义诗人,1822年在意大利靠近维亚雷焦(Viareggio)的海域遭遇风暴溺亡。他的尸体在海滩上被发现并火化,火化仪式由他的朋友拜伦和利·亨特主持。雪莱的死因和葬礼仪式成了文学史上的传奇事件。

这个国家是为了什么吗?"

"记得,"我说,"但是我们还没得到。"

"今晚我们就要离开这里了。"

"如果我们能开过文蒂米利亚[1]的话。"

"看吧。我不喜欢晚上在这条海岸线上开车。"那时刚过中午,太阳出来了。下面,海水是蓝色的,白色的浪花向萨沃纳涌去。在岬角后面,褐色与蓝色的水汇合在一起。前方,一艘货轮正沿着海岸向远处航行。

"你还能看见热那亚吗?"盖伊问。

"哦,能。"

"下一个大岬角应该就会把它挡住了。"

"还能看到很长一段时间。我还能看到它后面的波托菲诺角。"

最终,我们看不见热那亚了。当我们驶出来时,我回头望去,只见一片大海,而在下方的海湾里,沙滩上停着一排渔船,上方的山坡上有一座城镇,更远处是沿着海岸延伸的岬角。

---

1 文蒂米利亚(Ventimiglia)是意大利利古里亚大区的一个边境小镇,靠近法国,以历史悠久的老城、罗马遗址和美丽的海滩而闻名。

"现在看不到了。"我对盖伊说。

"哦,早就看不到了。"

"但得开到外面才能确定。"

路边有个标志牌,上面画着一个S形弯道,写着"转弯危险"。道路绕过海岬,风从风挡玻璃的缝隙中钻进来。海岬下方是一片平坦的地面,紧挨着大海。风吹干了泥地,车轮开始扬起尘土。在这段平路上,我们超过了一名骑自行车的法西斯党员,他背上的皮套里插着一把沉甸甸的左轮手枪。他占着路中央,我们不得不绕到外面避开他。经过时,他抬头看了我们一眼。前方有一处铁路道口,我们接近时,道口的栏杆放了下来。

我们等着的时候,那名法西斯党员骑车跟了上来。火车开过去后,盖伊发动引擎。

"等等,"骑自行车的人在后面喊道,"你们的车牌脏了。"

我拿着抹布下车。车牌在午饭时刚擦过。

"能看清楚的。"我说。

"你这么认为?"

"读读看。"

"我看不清楚。太脏了。"

祖国对你说了什么?

我用抹布擦了擦。

"怎么样?"

"二十五里拉[1]。"

"什么?"我说,"你完全可以看清楚。只是因为路况不好才弄脏的。"

"你不喜欢意大利的路?"

"很脏。"

"五十里拉。"他朝路上吐了口唾沫,"你的车很脏,你也很脏。"

"好。给我一张写有你名字的收据。"

他拿出收据本,一式两联,有齿口,这样一联可以给司机,另一联留作存根。没有复写纸记录司机联的收据内容。

"给我五十里拉。"

他用不可擦除的铅笔写完,撕下一联递给我。我看了看。

"这上面写的是二十五里拉。"

"弄错了。"他说,然后把二十五改成了五十。

---

[1] 里拉是意大利的货币单位。

"现在把你保存的那联也改成五十。"

他露出了一个美丽的意大利式微笑,在收据存根上写了些什么,还特意挡住不让我看。

"走吧,"他说,"免得你的车牌又弄脏了。"

我们在天黑后又开了两个小时,在芒通[1]过夜。那里看起来非常愉快、干净、理智并且可爱。我们是从文蒂米利亚开车到比萨和佛罗伦萨,穿过罗马涅到里米尼,再经过弗利、伊莫拉、博洛尼亚、帕尔马、皮亚琴察和热那亚,回到文蒂米利亚[2]。整个旅程只用了十天。自然,在这样匆忙的旅程中,我们没机会了解这个国家或人民的状况。

---

1 芒通(Menton)是法国里维埃拉的一个滨海小镇,邻近意大利边界。以温和的气候、美丽的花园和柠檬节而闻名。
2 这十一座城市,均在意大利境内。——编者

一个人的金丝雀

火车飞快地驶过一座长长的红石头房子，房子里有个花园，四棵粗壮的棕榈树，树荫下有桌子。另一边是大海。然后是一条穿过红石和泥土的隧道，大海只是偶尔可见，远远地在岩礁之下。

"我是在巴勒莫[1]买的它，"那位美国女士说，"我们在岸上的时间只有一个小时，那天是星期天早上。那人想要美元，我给了他一块半。它唱得真的非常好听。"

火车里很热，卧铺车厢里也很热。打开的窗户没有一丝风。那位美国女士把百叶窗拉下来，就再也看不见大海了，哪怕是偶尔看见。另一边是玻璃，然后是走廊，再然后是另一扇打开的窗户，窗外是灰扑扑的树木、一条沥青路和平坦的葡萄田，后面是灰色的石头山丘。

许多高高的烟囱冒着烟——火车正驶入马赛，减慢车速，沿着一条轨道，穿过许多其他轨道，进入车站。火车在马赛车站停留二十五分钟。那位美国女士买了一份《每日邮报》和半瓶依云矿泉水。她在站台上走了几

---

[1] 巴勒莫（Palermo）是意大利西西里岛的首府，以其丰富的历史、文化和美食闻名。拥有众多教堂、宫殿和市场，融合了多种建筑风格。

步，但还是待在车厢的踏板附近，因为在戛纳，火车停了十二分钟，没有任何发车信号就开走了，她险些没能及时上车。这位美国女士有点耳背，担心可能有发车信号，而她没有听见。

火车离开马赛车站，回头望去，不仅可以看到调车场和工厂的烟雾，还能望见马赛城和港口。港口后面是石山，夕阳最后的余晖洒在水面上。天渐渐黑了，火车经过田野里一座正在燃烧的农舍。汽车停在路边，农舍里的被褥和衣物都摊在田里。许多人在看房子燃烧。暮色降临之后，火车到了阿维尼翁[1]。人们上上下下。回巴黎的法国人在报摊上买当天的法国报纸。站台上有一些黑人士兵。他们穿着褐色制服，高大挺拔，面孔在电灯下闪闪发光。他们的脸很黑，高得让人难以直视。火车离开阿维尼翁站时，那些黑人士兵还站在那里。一个身材矮小的白人中士跟他们在一起。

在卧铺车厢里，乘务员从墙上拉出三张床铺好，以便乘客睡觉。夜里，那位美国女士躺着无法入睡，因为这

---

[1] 阿维尼翁（Avignon）是法国普罗旺斯地区的一个历史名城，以其中世纪城墙、教皇宫和每年夏季举行的戏剧节闻名。

是趟快车，速度非常快，而她害怕在夜里高速行驶。美国女士的床铺靠近窗户。巴勒莫金丝雀的笼子上盖着布，放在走廊通向包厢盥洗室的地方，避开了穿堂风。车厢外有一盏蓝灯，火车整夜飞驰，而那位美国女士躺在床上醒着，等待着车祸。

早晨，火车接近巴黎。那位美国女士从盥洗室里出来，尽管一夜未眠，气色看起来依旧很好，像一位人到中年的美国妇女。她拿下盖在鸟笼上的布，把笼子挂在阳光下，然后去餐车吃早餐。当她回到卧铺车厢时，床铺已经被推回墙上，改成了座位。透过打开的窗户，金丝雀在阳光中抖动着羽毛，而火车离巴黎更近了。

"它喜欢阳光，"那位美国女士说，"一会儿它就要唱歌了。"

金丝雀抖了抖羽毛，用嘴啄了啄。"我一直喜欢鸟，"那位美国女士说，"我要把它带回家给我的小女儿。听——它现在开始唱了。"

金丝雀啾啾叫着，喉咙上的羽毛竖了起来，然后它低下喙，又啄起羽毛来。火车穿过一条河，经过一片精心养护的森林。火车穿过许多巴黎周边的小镇。镇上有电车，墙上是贝尔花园百货公司[1]、杜本内酒[2]和潘诺酒[3]的巨幅广告。火车经过的地方看起来都像是早晨刚刚起床，还没有吃早餐的样子。有好几分钟，我没有听那位美国女士说话，她在和我妻子交谈。

"你丈夫也是美国人吗？"那位女士问道。

"是的，"我妻子回答，"我们都是美国人。"

"我还以为你们是英国人呢。"

"哦，不是的。"

"也许是我用了背带的缘故。"我说。我本来想说吊带，但为了保持我的英国形象，才改口说了背带。那位美国女士没听见。她的耳朵真的有点背；她是通过读唇语来理解意思的，而我没有看着她。我望向了窗外。她

---

[1] 贝尔花园百货公司（Belle Jardinière）是法国历史悠久的百货公司，成立于1824年，以其创新的商业模式和广泛的商品选择而闻名。位于巴黎的旗舰店提供时尚服饰、家居用品、奢侈品和美食等多种商品。

[2] 杜本内酒（Dubonnet）是一种法国的开胃酒，由葡萄酒和草药、香料混合而成，始创于19世纪。它具有独特的甜苦口感，常用作鸡尾酒的基酒或单独饮用。

[3] 潘诺酒（Pernod）是一种法国茴香酒，由19世纪的酿酒师亨利·潘诺创制，以茴香、茴芹和其他草药为主要成分。它具有独特的茴香味道，常用于制作鸡尾酒或加水稀释饮用。潘诺酒以其清新芳香和悠久的历史而闻名。

继续和我妻子交谈。

"我真高兴你们是美国人。美国男人是最好的丈夫,"那位美国女士说,"你知道,这就是我们离开欧洲大陆的原因。我女儿在沃韦[1]爱上了一个男人。"她停了下来。"他们疯狂地相爱了。"她又停了一下。"当然,我把她带走了。"

"她从那段感情中走出来了吗?"我妻子问。

"我觉得没有,"那位美国女士说,"她不吃也不睡。我想尽办法,但她对任何事都不感兴趣,都漠不关心。我不能让她嫁给一个外国人。"她停了一下。"有人,一个非常好的朋友,曾经对我说过:'外国人当不了美国姑娘的好丈夫。'"

"对,"我妻子说,"我看当不了。"

那位美国女士称赞我妻子的旅行外套,原来这位美国女士二十年来都从巴黎圣奥诺雷街的同一家高级时装店购买衣服。店里有她的尺寸,有个了解她和她品位的

---

[1] 沃韦(Vevey)是瑞士沃州的一座小镇,位于日内瓦湖畔,以其美丽的湖光山色和舒适的气候闻名。沃韦是查理·卓别林晚年生活的地方,也是雀巢公司总部所在地。镇上有许多历史建筑和博物馆,吸引了众多游客。

销售员帮她挑选衣服,然后寄到美国。衣服寄到她在纽约上城区住所附近的邮局,关税从来不高,因为邮局当场打开来估价,款式看起来总是很朴素,没有让衣服显得昂贵的金边或装饰。现在的销售员叫泰蕾丝,之前还有一位叫阿梅莉。二十年里,总共只有这两位销售员,而裁缝则是同一个人。不过,价格涨了一些,但汇率平衡了这一点。店里现在也有她女儿的尺寸。她女儿已经长大成人,尺寸不会有太大变化了。

火车正驶入巴黎。防御工事已被铲平,但草还没有长出来。铁轨上停着许多车厢——棕色木质餐车和棕色木质卧铺车,它们将在当晚五点开往意大利,如果那趟车还在五点发车的话。车厢上标有"巴黎—罗马"的字样。还有一些车顶上设有座位的车厢,来往于市郊之间。如果和过去一样的话,车顶和座位在某些时段都挤满了人,火车经过白色的墙壁和许多房屋的窗子。所有这一切都是一副没吃早餐的样子。

"美国男人是最好的丈夫。"那位美国女士对我妻子说。我正取下行李。"美国男人是世界上唯一值得嫁的男人。"

"你什么时候离开沃韦的?"我妻子问。

"两年前的秋天。你知道,我就是要把金丝雀带给她的。"

"你女儿爱上的那个男人是瑞士人吗?"

"是的,"那位美国女士说,"他来自沃韦的一个很好的家庭。他打算成为一名工程师。他们是在沃韦认识的,经常一起散很远的步。"

"我知道沃韦,"我妻子说,"我们蜜月时去过那里。"

"真的吗?那一定很美妙。当然,我完全没想到她会爱上他。"

"那里真的很美。"我妻子说。

"是啊,"那位美国女士说,"可不是嘛。你们住在哪里?"

"我们住在三皇冠酒店。"我妻子说。

"那是个很棒的老酒店。"那位美国女士说。

"是的,"我妻子说,"我们住的房间很棒,秋天的景色也很美。"

"你们是秋天去的吗?"

"是的。"我妻子说。

我们经过三节发生过车祸的车厢。它们被撞得四分五裂,车顶也塌了下来。

"看,"我说,"出事故了。"

那位美国女士瞧了瞧,看到了最后一节车厢。"我一晚上都在担心这个,"她说,"有时我对事情有强烈的预感。我再也不会在夜里乘坐快车了。一定还有其他舒适的火车,而且不会开得那么快的。"

接着,火车驶入了黑乎乎的里昂车站,停了下来,行李员走到窗边。我把行李递过窗户,我们走到昏暗的长站台上。那位美国女士找到了库克旅行社的三个人中的一个,那人说:"稍等一下,夫人,我去找找您的名字。"

行李员推来一辆手推车,把行李堆在上面,我妻子和我分别向那位美国女士道别。库克旅行社的那个人在一沓打字纸中找到了她的名字,又把那沓纸重新放回口袋里。

我们跟着推着手推车的行李员,走过火车旁边长长的水泥站台。站台尽头有个闸门,一个人收走了车票。

我们回到巴黎,准备办理分居事宜。

一个非洲故事

他在等待月亮升起,用手抚摸着基博,让它安静下来,他感觉狗毛在手下竖了起来。他们都在留心观察和倾听。月亮升了起来,给他们镶上影子。他搂着狗脖子,感到它在发抖。夜晚所有的声音都停止了。他们没有听到大象的声音,大卫也没有看到大象,直到狗转过头来,似乎都要贴在大卫身上了。随即,大象的影子覆盖了他们,它悄无声息地经过,微风从山上吹来,他们闻到了它的气味。那气味很强烈,有种陈年的酸味。当大象走过去时,大卫看到它左侧的象牙长得几乎碰到地面。

他们等了一会儿,没有别的大象经过,于是大卫和狗在月光下奔跑起来。狗紧跟在大卫身后,当他停下脚步时,狗一鼻子撞到他的膝窝里。

大卫想要再看看那头公象。在森林边缘,他们再次遇见了它。公象朝着山的方向走去,缓慢地穿行在夜晚的微风中。大卫靠得足够近,看到它的身影又一次挡住月亮,并且闻到那股陈年的酸味,但他还是看不到右侧的象牙。他不敢带狗靠得更近,于是他顺着风向将狗带到一棵树下,按它坐在树根旁,想让它明白应该待在这里。他以为狗会留下来,的确如此,但当大卫再次向那庞然大物靠近时,他又感觉到湿乎乎的狗鼻子撞到了他的膝窝。

他们跟着大象,来到一片林中空地。大象站在那里,扇动着巨大的耳朵。庞大的身躯在阴影中,而月光照在头上。大卫将手伸到后面,轻轻合上狗嘴,然后屏住呼吸,沿着夜风的边缘,悄然向右移动。他感到微风拂过面颊,紧贴着他,但他不让风从他和大象之间穿过。终于,他看到了大象的脑袋和缓缓扇动的大耳朵。右侧的象牙像他的大腿一样粗,几乎弯到地上。

他和基博退了回去,夜风现在吹在他的脖子上。他们沿原路穿过森林,进入开阔的旷野。现在,狗跑在他的前面,在之前大卫放下两根猎矛的小路边停了下来。刚才追踪大象时,大卫把它们放在了那里。他将矛套和杯状皮革带具背在肩上,手中拿着他一直随身携带的那支最称心的猎矛,沿着小路向种植园走去。此时,月亮已经高挂在天空中,他奇怪为什么种植园里没有传来鼓声。如果他父亲在那里而没有鼓声,那就有些奇怪了。

在他们重新找到象迹时,大卫感到一阵疲惫。

在很长一段时间里,他一直比同行的两个男人状态更好,对他们缓慢的追踪和父亲每小时准时停下来歇脚的习惯感到不耐烦。他本可以比朱玛和他父亲走得更快，但当他开始感到疲惫时，他们的速度依然如故。到了中午，他们照例只休息了五分钟。他甚至注意到朱玛稍微加快了步伐。也许并没有，只是感觉快了些，不过象粪现在变得更新鲜了，尽管摸上去还是没有热气。朱玛在他们找到最后一堆象粪后给了他一支步枪，但一个小时后，朱玛看了看他，又把步枪拿了回去。他们一直沿着山坡缓慢攀登，象迹现在向下延伸，从森林的一个缺口可以看到前方崎岖的地形。"大卫，从这里开始路就要变得难走了。"他父亲说。

他那时才意识到，自己应该在带他们找到象迹后就返回种植园。朱玛早就看出了这一点，他父亲现在也意识到了，但已经于事无补。这是他的另一个错误，现在除了赌一把已经别无选择。

大卫低头看着大象又大又圆的脚印，看着被踩扁的凤尾蕨，还有一根被踩断后正在干枯的杂草。朱玛捡起那根断草，看了看太阳，然后把断草递给大卫的父亲，他父亲用手指捻了捻。大卫注意到白色小花已经蔫了，但还没有被阳光晒枯，花瓣也还没有掉落。

"后面会很艰难，"他父亲说，"我们继续走吧。"

傍晚时分，他们仍在崎岖的地形中追踪。他已经昏昏欲睡很久了。看着那两个人，他知道困倦才是真正的敌人，于是他紧紧跟上他们的步伐，努力克服昏沉的睡意。那两个人轮换着走在前面，每小时一换，走在后面的人不时回头看他是否掉队。天黑时，他们在没有水源的森林里扎营，他一坐下就睡着了，醒来时发现朱玛正拿着鹿皮鞋，检查自己的赤脚上是否有水疱。他父亲把外套盖在了他的身上，坐在旁边，手里拿着一块冷熟肉和两块饼干。父亲递给他装着冷茶的水壶。

"大象也得觅食，大卫，"他父亲说，"你的脚没事，和朱玛的一样结实。慢慢吃些东西，喝点茶，然后再睡一觉。我们没有任何问题。"

"对不起，我太困了。"

"你和基博昨晚整夜都在狩猎和赶路，怎么可能不困呢？想吃肉的话，可以再来点。"

"我不饿。"

"很好。我们可以坚持三天。明天我们会再碰到水源。山上有很多小溪。"

"大象去哪儿了？"

"朱玛觉得他知道。"

"情况会很糟吗?"

"不太糟,大卫。"

"我继续睡觉了,"大卫说,"我不用盖你的外套。"

"我和朱玛都没事,"他父亲说,"你知道,我总是睡得很暖和。"

在父亲道晚安之前,大卫就睡着了。他后来醒过一次,月光照在他的脸上。他想着那头大象,站在森林里,扇着巨大的耳朵,象牙的重量让它垂下了脑袋。在黑夜中,大卫以为他想起大象的空落感是因为醒来后腹中饥饿,但事实并非如此。在接下来的三天里,他明白了这一点。

第二天非常糟,因为早在中午之前他就看出男孩和男人的差别可不仅仅是需要多睡会儿觉。前三个小时里,他比他们有精神,于是向朱玛要了点303步枪背,朱玛却摇了摇头。他的脸上没有笑容。他一直是大卫最好的朋友,还曾教过他打猎。大卫心想:昨天他把枪给了我,而我今天的状态比那时还好。他的确状态很好,但到十点钟时,他就知道今天会和昨天一样糟,甚至可能更糟。

他觉得自己可以跟着父亲追踪,就像觉得自己可以和父亲打架一样愚蠢。他也知道,不仅仅因为他们是成年人,还因为他们是专业的猎人。现在他明白了,这就是朱玛甚至不肯浪费一个微笑的原因。他们了解大象的一举一动,遇到象迹时只需彼此用手一指,完全不用开口。当踪迹不易辨认时,他父亲总是听从朱玛的判断。他们停下来在溪边灌水时,他父亲说:"只要能撑过这一天就行了,大卫。"随后,他们越过崎岖的地带,向着森林进发,象迹转向右边,进入一条旧有的象道。他看到他父亲和朱玛交谈着,当他赶上他们时,只见朱玛回头看了看他们来时的路,又望向远处干旱地带上几座岛屿般的石山,似乎在根据地平线上的三座蓝色山峰进行定位。

"朱玛知道大象现在去哪儿了,"他父亲解释道,"他之前觉得自己知道,但后来大象走进了这片乱石堆。"他回头看了一眼他们走了一整天的地方。"前面的路比较好走,但要爬山了。"

他们一直爬到天黑,然后又在无水处宿营。日落前,一小群鹧鸪走过象道,大卫用弹弓打死了两只。这些鸟儿走进旧象道扑沙,它们步伐整齐,身形圆润。当小石子击中其中一只鹧鸪的背部时,它开始抖动着拍打翅膀,另一只鹧鸪跑上来用嘴啄它,大卫迅速装上另一颗小石子,拉开弹弓,击中了第二只鹧鸪的肋骨。他跑过去捡猎物时,其他鹧鸪全都呼啦啦地飞走了。这一次,朱玛回头露出了笑容。大卫捡起两只温暖、饱满、羽毛光滑的鹧鸪,用猎刀柄敲击它们的脑袋。

现在,在他们扎营过夜的地方,他父亲说:"我从来没见过飞得这么高的鹧鸪。你能一次打到两只,真不简单。"

朱玛把鹧鸪穿在枝条上,在一堆很小的火上烤。他们躺在那里,看着朱玛做饭,他父亲用酒壶的瓶盖喝着兑水的威士忌。后来,朱玛各给了他们一块连着心脏的胸脯肉,自己则吃了两份脖子、背脊和鹧鸪腿。

"大卫,你帮了个大忙。"他父亲说,"这下我们的口粮就非常充足了。"

"我们离大象还有多远?"大卫问。

"很近了,"父亲回答,"这要看它在月亮升起后还走不走。月亮今晚比昨天晚升一个小时,比你发现它的那天晚升两个小时。"

"朱玛凭什么觉得自己知道大象去哪儿了?"

"他打伤过这头大象,还杀掉了它的护卫,就在离这儿不远的地方。"

"什么时候？"

"他说是五年前。但可能并不确切。他说那时你还是个小娃娃。"

"它从那时起就一直单独行动了？"

"他说是。他没再见过那头大象，只是听人说起过。"

"他说这头大象有多大？"

"每只象牙接近两百磅[1]。比我见过的任何象都大。他说只有一头象比它还大，也在这附近。"

"我还是去睡觉吧，"大卫说，"希望明天表现得好一点。"

"你今天表现得很棒，"他父亲说，"我为你骄傲。朱玛也是。"

夜里，月亮升起后，他醒了过来。他心里很清楚，他们并没有为他骄傲，或许除了他用灵巧的手法打死两只鹧鸪之外。他在夜里发现了大象，一路跟踪，确认它有两根象牙，然后回去找到两个大人，把他们带到象迹处。大卫知道这件事也让他们感到骄傲。可一旦开始艰苦的追踪，他对他们不仅毫无用处，反而成了累赘，就

---

[1] 英美制质量单位，1磅约合0.45千克。——编者

像基博在那天晚上靠近大象时一样。他知道他们必定在为没有趁机把他打发回去而感到后悔。那头大象的象牙每根重达两百磅。自从这些象牙长得超出正常尺寸以来,这头大象就一直为此遭到猎杀。现在,他们三个人也将为了象牙而杀了它。

现在大卫确信他们会杀了它,因为他,大卫,撑过了这一天,尽管刚到中午他就已经筋疲力尽,但仍然跟上了步伐。这或许就是他们为他骄傲的原因吧。但他没给这次狩猎带来任何有用的帮助,没他的话,他们会方便得多。白天时,有很多次,他都希望自己没有背叛那头大象,到了下午,他记得自己想过要是没发现它该多好。此刻,他在月光下醒过来,知道那不是他真心的想法。

第二天早上,他们沿着象迹走上一条古老的象道。这条象道穿过森林,因为常年践踏,已经变成一条颇为坚实的路。看起来似乎从山上的熔岩冷却,树木刚刚长得高大繁密以来,大象就一直走在这条路上。

朱玛非常自信,他们走得很快。他父亲和朱玛都显得很有把握。象道很好走,朱玛把点303步枪交给他来背,他们穿过森林中的斑驳光线一路前行。随后,他们遇到几堆冒着热气的新鲜象粪，还有象群又平又圆的脚印，从左侧的密林深处一直踩到象道上，这让他们失去了追踪的方向。朱玛怒气冲冲地从大卫手中拿走点303步枪。直到下午，他们才靠近象群，绕到它们的侧面，透过树林看到它们灰色的身躯，巨大的耳朵，四处探寻、蜷曲伸展的长鼻子，听到树枝被折断的声音，树木被推倒的声音，大象肚子里发出的轰隆声，还有象粪掉落时的砰砰啪啪声。

他们终于找到了那头老象的踪迹。当它转入一条较窄的象道时，朱玛看着大卫的父亲，咧嘴一笑，露出锉过的牙齿。他父亲点了点头。他们看起来就像是共享着一个肮脏的秘密，就像那晚他在种植园找到他们时一样。

不久之后，他们发现了那个秘密。秘密藏在右侧的森林中，老象的足迹就通向那里。那是一个高到大卫胸口的头骨，因为日晒雨淋已经变得发白。前额有一个深陷的凹痕，一条隆起从光秃秃的白色眼窝之间延伸出来，扩展成两个空洞的破窟窿，那是象牙被砍掉的地方。

朱玛指着那头他们正在追踪的大象曾经站立的地方。大象曾经站在那里俯视头骨，象鼻将头骨从地面上稍微移开了一点，地上还留着象牙尖划过的印迹。他指给大卫看白色头骨的前额凹痕处的一个小洞,还有耳孔周围骨头上的四个紧挨着的小洞。朱玛对大卫和他父亲笑了笑,从口袋里掏出一颗点303子弹,弹头恰好可以塞进头骨前额的洞中。

"这是朱玛打伤那头大象的地方,"他父亲说,"这是它的护卫。应该说是它的伙伴,因为它也是一头大公象。它冲过来时,朱玛开枪把它撂倒了,然后在耳朵那里结束了它的性命。"

朱玛指了指散落在地上的骨头,说那头大象应该在骨头之间走动过。朱玛和大卫的父亲都对这一发现感到非常满意。

"你觉得它和它的伙伴在一起多久了?"大卫问他父亲。

"这个我可不知道,"他父亲说,"问问朱玛。"

"还是你问他吧。"

他父亲和朱玛交谈了几句,朱玛看着大卫笑了。

"他说,有你年纪的四五倍那么久,"大卫的父亲告诉他,"其实他也不知道,或者说也不关心。"

我关心,大卫想。我在月光下看见它,孑然一身,而我有基博。基博也有我。这头大象并没有危害任何人,而现在我们却一路追踪,来到它拜访死去同伴的地方,还要杀了它。这是我的错。是我出卖了它。

这时,朱玛已经找到了象迹,并示意大卫的父亲,于是他们又接着出发了。

我父亲并不靠猎象为生,大卫想。要不是我看到大象,朱玛根本发现不了它。他以前遇到过它,而他所做的只是把它打伤了,还杀死了它的同伴。是我和基博找到的它,我本不应该告诉他们,我本应该替它保守秘密,把它永远藏在心里,随便他们在酒馆里喝个烂醉。朱玛当时已经酩酊大醉,叫都叫不醒了。以后遇到任何事我都不会说了。我再也不会告诉他们了。他们要是杀了大象,朱玛肯定会用出售象牙的钱换酒喝,要不就是再花钱买个臭婆娘。在能帮大象的时候,你为什么不帮帮它呢?你只要第二天不走就行了呀。不行,那样阻止不了他们。朱玛还是要去的。你压根就不该告诉他们。永远,永远不要告诉他们。记住这一点。永远不要告诉任何人任何事。再也不要告诉任何人任何事。

他父亲等他赶上来,柔声说道:"它在这里休息过。它不像之前那样赶路了。我们随时都有可能追上它。"

"去他妈的猎象。"大卫嘟囔道。

"你说什么?"他父亲问道。

"去他妈的猎象。"大卫小声说。

"当心点,别把事情搞砸了。"他父亲说,一脸平静地看着他。

至少有一件事是肯定的,大卫想。他不傻。他现在什么都明白了,他再也不会信任我了。这样很好。我也不想让他信任我,因为我再也不会告诉他或是别人任何事了,永远都不告诉。再也不告诉,绝对不告诉。

早上,他又来到山的远侧斜坡上。那头大象不像之前那样赶路,而是漫无目的地行走,偶尔吃点东西。大卫知道他们离大象已经很近了。

他试着回忆自己此前的心境。他对大象并没有爱意,这一点他必须记住。他只是由于疲惫而产生了一种伤感,而这种伤感让他理解了年老。他通过自己的太过年轻,转而理解了年老会是怎样的况味。

他想念基博,一想到朱玛杀死了大象的伙伴,他就对朱玛心生恨意,而大象反倒成了他的兄弟。他这时意识到,他在月光下看到大象,一路追踪,在空地上近距离地目睹那两根巨大的象牙,这一切对他的意义有多么重大。但他不知道，将来再也不会有能与之媲美的经历了。他现在知道他们会杀死大象，而他对这件事无能为力。当他回到种植园告诉他们大象的行踪时，他就已经背叛了大象。他甚至想：要是我和基博也长着象牙，他们说不定也会杀了我和基博吧。尽管他知道这只是他的胡思乱想而已。

大象大概是想找到它出生的地方，然后他们会在那里杀了它。这就是他们心中盘算的，这样事情就完美了。他们想在曾经杀死它伙伴的地方再杀死它。那会成为一个有趣的笑谈的。那会让他们感到满意的。我这些该死的屠夫朋友！

他们已经移动到茂密的丛林边缘，大象就在前方不远处。大卫闻到了大象的气味，他们能听到大象在拉倒树枝，树枝在折断时发出咔嚓声。父亲把手放在大卫的肩膀上，让他后退，等在外面，然后从口袋里掏出个小袋子，取出一把灰，往空中一扬。灰飘落下来，微微飘向他们这边。父亲向朱玛点了点头，弯腰跟随他进入密林。大卫看着他们的后背和屁股钻了进去，消失不见了。他听不到他们走动的声音。

大卫站在那里，听着大象进食的声音。他能闻到大象的气味,就像那天晚上在月光下靠近大象,看到它美丽的象牙时一样。然后,他站在那儿,突然一片寂静,他闻不到大象的气味了。接着,传来一声高亢的尖叫和猛烈的撞击声,还有一声来自点303步枪的枪响,然后是两声他父亲点450步枪的沉重轰鸣。践踏声和撞击声随之传来,只是声音在渐渐远去。他一头钻进密林,发现朱玛摇摇晃晃,满脸都是从额头上流下来的鲜血,而他父亲面色苍白,一脸愠怒。

"它冲向了朱玛,把他撞倒了,"他父亲说,"朱玛击中了它的头部。"

"那你打中了哪里?"

"打中了我能打中的地方,"他父亲说,"跟着血迹追。"

到处都是血。一片血迹喷到大卫头那么高的树干、树叶和藤蔓上,另一片低得多的血迹则混杂着肠胃里还没有消化完的东西,颜色发黑,臭气熏天。

"肺和肚子都中弹了。"他父亲说,"我们会找到它的,它要么倒下了,要么走不动了——但愿如此。"他补充道。

他们发现它走不动了,痛苦和绝望折磨得它动弹不得。它闯出了刚才觅食的密林，穿过一片开阔的林地，大卫和他父亲跟着大片的血迹追了上来。大象又钻进了密林，大卫看见前面有个庞大的灰色身躯，站在一棵树的树干旁边。大卫只能看到它的臀部，然后他父亲向前走去，他跟在后面，他们来到大象近前，就像靠近一艘大船一样。大卫看到血从它的侧腹涌出来，顺着身体两侧往下淌。他父亲举起步枪开火，大象举起象牙，吃力而缓慢地扭过头来看着他们。他父亲开第二枪时，大象晃了一下，像被砍倒的大树一样，朝他们砸下来。但它还没有死。它刚才只是不能动弹，现在肩膀断了，它才倒了下来。它不动了，但眼睛里尚有一丝生机，它一直盯着大卫。睫毛很长，眼睛是大卫见过的最有生命力的东西。

"用点303朝他的耳洞打，"他父亲说，"快。"

"要打你打。"大卫说。

朱玛一瘸一拐地走上前来，满身是血，额头上的一块皮肤挂在左眼上，鼻骨露出来，一只耳朵也撕裂了。他一言不发地从大卫手中拿过步枪，枪口几乎贴在大象的耳洞上。他愤怒地拉动枪栓，连开了两枪。第一枪时，大象的眼睛猛然瞪大，随即开始失神，血从耳朵里冒出来，沿着皱巴巴的灰色皮肤流成两条亮红色的血流。那血是不同颜色的，大卫当时想着要记住这一点。他确实记住了，但这对他并没有任何用处。此刻，大象所有的尊严和气概，所有的美都化为了乌有，只剩下一大堆皱巴巴的皮肉。

"好了，大卫，我们搞定它了，多亏了你。"他父亲说，"现在我们得生一堆火，我要给朱玛处理一下伤口。过来，你这要命的汉普蒂·邓普蒂[1]，那些象牙待会儿再弄。"

朱玛咧嘴笑着走向他，拿着那条完全没有毛的大象尾巴。他们开了一个下流的玩笑，然后他父亲开始用斯瓦希里语飞快地说起话来："这里离水源有多远？要走多远才能找到帮手把象牙弄走？你这个没用的老猪猡，你还好吧？伤到哪儿了？"

听完回答后，他父亲说："你跟我回去拿我们丢下的背包。朱玛去找些木柴，把火生起来。医疗箱在背包里。

---

1 汉普蒂·邓普蒂是英国著名童谣中的一个角色，通常被描绘为一个大的、类似蛋的形象。他在童谣中从墙上摔下来，所有人都无法把他重新拼起来。这个形象常用于形容一个无法修复的破碎事物或情况。在这里，借用这个形象，对朱玛的状态做了幽默描述。

我们必须在天黑前找到背包。他不会感染的,这不是抓伤。我们走吧。"

那天晚上,大卫坐在火堆旁,看着脸上缝了针、断了好几根肋骨的朱玛,想知道那头大象在要撞死朱玛时是否认出了他。他希望它认出了。如今,那头大象成了他的英雄,就像他的父亲长久以来都是他的英雄一样。他之前想:我不相信它在那么老、那么疲惫的情况下还能做到。他本来能把朱玛撞死的。但它看我的时候并不像是想要杀死我。它看起来只是非常悲伤,就像我心中的感受一样。在去世那天,它还拜访了它的老朋友。

大卫记得,当大象的眼睛失去生气后,它立刻就丧失了所有尊严。等他和父亲带着背包回来,大象已经开始肿胀,即便夜晚的天气十分凉爽。再也没有真正的大象了,只剩下那具发皱肿胀的灰色尸体,外加两根害它送命的巨大而斑驳的黄褐色象牙。象牙上染着干结的血迹,他用指甲刮下一些,就像刮掉干燥的封蜡,然后把它放进衬衫口袋里。这就是他从大象身上带走的全部东西,还有那份关于孤独的最初了解。

那晚,取走象牙之后,他父亲在火堆旁试图开导他。

"你知道的,大卫,它是个杀人犯。"父亲说,"朱玛说没人知道它究竟杀过多少人。"

"是他们要杀死它的,不是吗?"

"当然,"父亲说,"为了那对象牙。"

"那它怎么可能是杀人犯呢?"

"随你怎么想吧,"父亲说,"我很遗憾你对它产生了这样的困惑。"

"我真希望它杀了朱玛。"大卫说。

"我觉得这话有点过分了,"父亲说,"朱玛是你的朋友,你知道的。"

"现在不是了。"

"没必要告诉他这个。"

"他心里清楚得很。"大卫说。

"我觉得你误解他了。"父亲说。然后,他们没再说下去。

后来,经过所有这些事,他们终于把象牙安全地带了回去。两根象牙倚在墙上,放在用树枝和泥土砌成的房子里,牙尖靠在一起。这么高大粗壮的象牙,即便用手摸都让人难以置信。没有人,甚至是他父亲,能够到象牙弯曲的顶端。朱玛、他父亲和他都成了英雄,基博也成了英雄的爱犬,就连那几位扛象牙的帮手都成了英雄。这几位英雄当时已经醉醺醺了,后来就醉得更厉害了。他父亲说:"大卫,我们和解了吧?"

"好吧。"大卫说。因为他知道,这是他再不把心里话说出口的开始。

"我真高兴,"他父亲说,"这下简单多了,也好多了。"

然后,他们坐在无花果树荫下的长者凳上,而象牙就靠在茅屋的墙上。他们喝着年轻女孩和她弟弟用葫芦杯送来的啤酒,这对姐弟现在是英雄的仆人,挨着英雄的爱犬一起坐在地上,手里抱着一只小公鸡,它刚被提拔为英雄最爱的大公鸡。他们坐在那里喝啤酒,大鼓敲了起来,恩戈麦舞的气氛渐渐变得热烈。

乞力马扎罗的雪

乞力马扎罗是一座雪山，高达 19710 英尺，据说是非洲最高的山峰。它的西峰被马赛人[1]称为"恩嘎杰纳伊"，意为"神之居所"。在靠近西峰的地方，有一具冰冻风干的豹子尸体。没有人知道，这头豹子来到这样的高山上寻找什么。

"奇妙的是，伤口一点都不疼，"他说，"你就是从这点知道它开始发作的。"

"真的吗？"

"千真万确。不过我很抱歉，这气味一定让你不舒服。"

"别这样！请别这样说。"

"你瞧它们，"他说，"到底是这里的风景，还是我的气味把它们招来了？"

在一棵金合欢宽大的树荫下，一个男人躺在行军床

---

[1] 马赛人（Masai）是生活在肯尼亚和坦桑尼亚的半游牧民族，以其独特的文化和传统而著称。马赛人以色彩鲜艳的服饰、珠饰工艺和勇敢的战士文化闻名。他们主要以放牧为生，居住在草原和半干旱地区，尊重自然和动物。他们的语言属尼罗 - 撒哈拉语系沙里 - 尼罗语族，信仰丰富的传统宗教，认为自然界充满神灵和力量。

上，透过树荫望向刺眼的平原。三只大鸟令人厌恶地蹲在那里，而天空中还有十几只鸟在盘旋，投下快速移动的影子。

"从卡车抛锚那天起，它们就在那里盘旋了，"他说，"今天是第一次落到地上。一开始我还仔细观察过它们飞翔的姿态，想着能在哪篇小说里派上用场。现在看来真是可笑。"

"我希望你不要这样。"她说。

"我只是说说而已。"他说，"说话能让我舒服一些。但我不想惹你心烦。"

"你知道我不会心烦的，"她说，"只是什么也做不了，让我很不安。我想，我们还是尽量放松些，等到飞机来。"

"或者等到飞机不来。"

"请告诉我，我能做什么。一定有我能做的事情。"

"你可以把我的腿卸掉，也许这样我就不会死了，尽管我对此表示怀疑。你也可以一枪打死我。你现在的枪法很好了。我教过你射击，对吧？"

"求你不要这样说话。我给你读点什么吧？"

"读什么？"

"书包里随便哪本还没读过的。"

"我听不进去,"他说,"说话是最轻松的。我们吵架吧,这样时间过得快些。"

"我不吵架。我从来不想吵架。我们再也不要吵架了。不管我们多紧张。也许他们今天会搭另一辆卡车回来。飞机可能也会来。"

"我不想动窝,"男人说,"现在动窝已经没有意义了,只是让你轻松些。"

"你这是懦弱。"

"你就不能让一个男人尽量舒服地去死?何必骂他?骂我有什么用呢?"

"你不会死的。"

"别傻了。我现在就要死了。问问那些混蛋。"他看向那些肮脏的大鸟,它们蹲在那里,光秃秃的脑袋埋在隆起的羽毛里。第四只鸟落了下来,先是紧跑几步,然后慢吞吞地向其他几只鸟蹒跚地走去。

"它们在每个营地周围都有。你只是从来没留意。只要你不自暴自弃,就不会死。"

"你从哪里看到这个的?你真是个蠢货。"

"你可以想想别的什么人。"

"看在上帝的分儿上,"他说,"那可是我的本行。"

乞力马扎罗的雪

他躺着，安静了一会儿，目光穿过热气蒸腾的草原，望向灌木丛的边缘。黄色的草原上，出现几只小瞪羚又小又白的身影。更远处，他看见了一群斑马，白色的条纹闪现在绿色的灌木丛中。这是一个令人愉快的营地，在山脚的大树下，有清澈的水源，附近还有一个几乎干涸的水塘，早晨会有沙鸡飞来。

"你不想我读点什么吗？"她问。她坐在他床边的一把帆布椅上。"有微风吹过来了。"

"不了，谢谢。"

"也许卡车会来。"

"我才不在乎卡车。"

"我在乎。"

"你在乎的事情太多了，都是我不在乎的。"

"没那么多，哈里。"

"来点酒喝？"

"喝酒对你不好。《布莱克手册》[1]上说要避免任何酒

---

1 《布莱克手册》是一部医疗指南，专为旅行者和探险者提供健康建议和急救知识。书中涵盖了各种常见疾病的预防和处理方法，尤其强调在野外或偏远地区的应对措施。手册建议避免饮酒，以防止脱水和引起其他健康问题。

精。你不应该喝酒。"

"莫罗!"他喊道。

"是的,先生。"

"拿杯威士忌苏打来。"

"是的,先生。"

"你不该喝酒,"她说,"这就是我说的自暴自弃。书上说对你不好。我知道这对你不好。"

"不,"他说,"对我好极了。"

现在一切都结束了,他想。他再也没有机会完成它了。原来这就是结局,为了一杯酒而争吵。自从坏疽在他的右腿开始蔓延后,他就没有了痛感,随之而去的还有恐惧,现在他只感到极度的疲倦和愤怒,愤怒于这就是结局。对于即将到来的结局,他几乎没有什么好奇心。多少年来,这件事一直困扰着他,但现在已经毫无意义。奇怪的是,当你足够疲倦后,结局竟变得如此容易。

现在他再也不会写那些他一直存在心里,等到足够了解后才能写好的东西了。他也不用忍受在写这些东西时的挫败了。也许你永远也写不出来,这就是你一直拖延、迟迟不肯动笔的原因。现在,他永远都不会知道了。

"我们要是不来这里就好了。"女人说。她咬着嘴唇,看着他握着玻璃杯。"你在巴黎永远不会遇到这种事。你总是说你爱巴黎。我们本可以留在巴黎或去任何地方的。我愿意去任何地方。我说过,我愿意去任何你想去的地方。如果你想打猎,我们可以去匈牙利打猎,还能过得舒舒服服的。"

"还不是因为你那该死的钱。"他说。

"这不公平,"她说,"这些钱是你的,也是我的。我放弃了一切,去了你想去的地方,做了你想做的事。但我希望我们没来过这里。"

"你说过你喜欢这里。"

"在你没出事的时候,我确实喜欢这里。可我现在恨它。我不明白你的腿为什么会变成这样。我们做了什么,让这种事发生在我们身上?"

"我想,是因为我刚开始擦伤时忘了涂碘酒。然后我没在意,因为我从来不会感染。再后来,情况变得严重,可能是因为其他抗菌剂用完了,我用了那种低浓度的石碳酸溶液,它麻痹了毛细血管,导致了坏疽。"他看着她,"还有什么?"

"我不是指这个。"

"如果我们雇了个好机修工,而不是一个半吊子的基库尤[1]司机,他会检查机油,这样就不会烧坏卡车的轴承。"

"我不是指这个。"

"如果你没有离开你那帮人,你那帮该死的老韦斯特伯里、萨拉托加、棕榈滩[2]的人,来跟我一起——"

"天,我爱你。这不公平。我现在依然爱你。我会永远爱你。你不爱我吗?"

"不,"男人说,"我不爱。我从没爱过。"

"哈里,你在说什么呀?你在胡言乱语。"

"不,我没有胡言乱语。"

"别喝了,"她说,"亲爱的,求你别喝了。我们一定要尽一切努力。"

"你尽吧,"他说,"我累了。"

---

[1] 基库尤人(Kikuyu)是肯尼亚最大的民族,主要居住在肯尼亚中部的高地地区。他们以农业为主要生计,种植茶叶、咖啡和其他农作物。
[2] 这些地点都是美国上流社会和富人聚集的地方。

此时,他的脑海中浮现出卡拉加奇[1]火车站,他站在那里,背着背包,东方快车的车头灯切开黑暗的夜色。那是撤退[2]之后,他正要离开色雷斯。这是他一直存在心里要写的事情之一。吃早餐时,他望向窗外,看到保加利亚的山上有雪,南森[3]的秘书问老人那是不是雪,老人看了看说:"不,那不是雪。现在下雪太早了。"秘书转述给其他姑娘说:"你们看,那不是雪。"姑娘们都说:"那不是雪,我们搞错了。"但那确实是雪,当提出人口交换时,他

---

[1] 卡拉加奇(Karagatch)是土耳其伊斯坦布尔的一部分,靠近博斯普鲁斯海峡,以历史遗迹和文化景点闻名。这个地区融合了丰富的历史和现代生活,拥有许多古老的建筑、博物馆和市场,展示了土耳其的多样文化和历史传承。

[2] 1922年希土战争期间,希腊军队在小亚细亚战败后,从色雷斯地区撤退。这次撤退标志着希腊在战争中的失败,这导致大量希腊难民逃离土耳其。撤退过程中,希腊军队和难民在恶劣的天气条件下艰难行进,许多人在途中死亡。这一事件深刻影响了希腊和土耳其之间的关系,并引发了后来的大规模人口交换。

[3] 弗里乔夫·南森(Fridtjof Nansen)是挪威的极地探险家、科学家和人道主义者。他因在北极探险中的贡献而闻名,并获得1922年诺贝尔和平奖。作为国际联盟的高级专员,他致力于解决第一次世界大战后的难民问题,特别是推动希腊和土耳其之间的大规模人口交换。南森护照为无国籍难民提供了身份和旅行证件,帮助了数十万难民。

就把她们送到了雪地里。那年冬天，她们在雪地里跋涉，直到死去。

那一年的圣诞节，在高尔塔尔山[1]，大雪也下了整整一周。那一年他们住在伐木工的小屋里，屋子里有一个占了半个房间的方形大瓷炉，他们睡在填满山毛榉叶子的床垫上，一个在雪地里双脚淌血的逃兵闯了进来。他说，宪兵就在后面追他。他们给他穿上羊毛袜子，拖住宪兵东拉西扯，直到脚印被雪覆盖。

在施伦斯[2]，圣诞节那天，从酒馆里望出去，雪亮得刺眼，能看到众人从教堂出来往家走。正是从那里，他们沿着河边被雪橇磨平、尿黄色的道路行走，穿过长满松树的陡坡，肩上扛着沉甸甸的滑雪板，然后他们从马德莱纳小屋上方的冰川呼啸而下，

---

[1] 高尔塔尔山是奥地利福拉尔贝格州的一条风景秀丽的山谷，位于阿尔卑斯山脉中。在第一次世界大战期间，阿尔卑斯山脉是意大利和奥匈帝国之间的战场。逃兵来自奥匈帝国军队，而宪兵则是负责抓捕他的奥匈帝国士兵。

[2] 施伦斯（Schruns）是奥地利福拉尔贝格州的一个小镇，位于蒙塔丰山谷中，四周环绕着壮丽的阿尔卑斯山脉。施伦斯以其滑雪、徒步旅行和山地自行车等户外活动而闻名，是一个受欢迎的度假胜地。

乞力马扎罗的雪

雪像蛋糕上的糖霜一样光滑，像粉末一样轻盈，他还记得滑雪时那种无声无息的疾驰，仿佛飞鸟一样俯冲而下。

那一次，他们被暴风雪困在马德莱纳小屋里整整一周，在烟雾缭绕的马灯下打牌消磨时光。伦特先生输得越多，下的赌注也越高。最终，他输光了所有的钱。滑雪学校的钱、一整个季节的利润，甚至他的本钱，统统输光了。他还记得伦特先生那长长的鼻子，抓起牌，直接翻开说："不看。"那时候总是在赌博。不下雪的时候赌博，雪太大的时候也赌博。他想到这辈子所有花在赌博上的时间。

但他从未写过一个字，既没有写过这些赌博的经历，也没有写过那个寒冷而明亮的圣诞节。那时，群山在平原的另一边显现，而巴克飞越防线，去轰炸撤离的奥地利军官的火车，在他们四散奔逃时，他用机枪扫射[1]。他记得巴克后来走进食堂，开始讲述当时的情景。屋里变得鸦雀无声，然后有人说："你这个杀人不眨眼的混蛋。"

---

[1] 这段描写的背景是第一次世界大战期间，意大利战线上的一场战斗。

那些后来和他一起滑雪的奥地利人就是他们当时杀死的敌人。不，不是同一批。那个整年都和他一起滑雪的朋友汉斯，曾在皇家猎兵团服役。他们一起去锯木厂上方的小山谷打猎时，聊起过在帕苏比奥的战斗，还有佩尔蒂卡拉和阿萨隆尼的进攻。他从未写下过这些经历，也没有写过蒙特科罗纳、塞特科穆尼和阿尔谢罗。

他在福拉尔贝格和阿尔贝格度过了多少个冬天？是四个。然后他想起了那个卖狐狸的人，那次他们走到布卢登茨去买礼物，想起上好的樱桃白兰地带有樱桃核味道的美妙口感，想起在干燥的粉末一般的雪上飞驰，唱着"嘿！嚯！罗利说！"滑下最后一段陡坡，直冲而下，转三个弯，越过沟渠，滑到旅馆后面的结冰路面上。解开固定器，踢掉滑雪板，把它们靠在旅馆的木墙上，窗户透出灯光，屋里烟雾缭绕、弥漫着新酒的香气，气氛温暖，人们正拉着手风琴。

"我们在巴黎时住在哪里？"此刻，在非洲，他问坐在旁边帆布椅上的女人。

乞力马扎罗的雪

"在克利翁酒店[1]。你知道的。"

"我为什么知道?"

"因为我们总是住在那里。"

"不,并不总是。"

"那里,还有圣日耳曼的巴维农亨利四世酒店[2]。你说过你爱那里。"

"爱是个粪堆,"哈里说,"而我是那个跳上去打鸣的公鸡。"

"如果你不得不离开,"她说,"非要把你留下的东西都毁掉吗?我是说,你非要把一切都带走?非要杀了你的马、你的妻子,还要烧掉你的马鞍和盔甲?"

"是的,"他说,"你那该死的钱就是我的盔甲。我的马和我的盔甲。"

"别这样。"

---

[1] 克利翁酒店(Hôtel de Crillon)位于巴黎协和广场,是巴黎最著名和历史最悠久的豪华酒店之一,建于18世纪。酒店以精美的建筑和豪华的装饰而闻名,曾接待过众多名人和皇室成员。

[2] 巴维农亨利四世酒店(Pavillon Henri-Quatre)位于法国圣日耳曼昂莱,坐落在前皇家狩猎行宫的遗址上。酒店以法国国王亨利四世命名,人们居住于此,可以一览塞纳河和周围森林的美丽景色。

"好吧，我不说了。我不想伤害你。"

"现在说这些有点晚了。"

"好吧，那我就继续伤害你。这更有趣。我唯一喜欢和你做的事现在做不了了。"

"不，不是真的。你喜欢做很多事情，而且你想做的每件事我都做了。"

"哦，看在上帝的分儿上，别再吹嘘了，好吗？"

他看着她，发现她哭了。

"听着，"他说，"你觉得我这样做有趣？我不知道为什么要这样做。我想，这是试图毁灭一切而让自己活下来。我们刚开始说话时我还好好的。我本不想这样，现在却像个疯子一样，极尽残忍地对你。别在意我说的话，亲爱的。我爱你，真的。你知道我爱你。我从未像爱你那样爱过别人。"

他又滑入了那套为了讨生活而说惯了的谎言中。

"你对我真好。"

"你这个臭女人，"他说，"你这个有钱的臭女人[1]。这是诗。我现在满脑子都是诗。腐烂和诗。腐烂的诗。"

---

1 原文为 rich bitch，所以下一句说是诗。——编者

乞力马扎罗的雪

"住口。哈里,为什么你现在非得变成一个恶魔?"

"我不喜欢留下任何东西,"男人说,"我不喜欢死后留下任何东西。"

现在是傍晚了,他刚刚睡了一觉。太阳已经落到山后,整个草原被阴影笼罩。小动物们在营地附近觅食,头飞快地低下又抬起,摇晃着尾巴。他注意到它们现在都和灌木丛保持着距离。大鸟们不再停留在地面上,而是沉甸甸地栖息在树上,数量比之前还多。他的贴身男仆坐在床边。

"夫人出去打猎了,"男仆说,"先生需要什么吗?"

"什么都不需要。"

她出去猎杀一只动物,以便弄到一点肉。她知道他喜欢看野生动物,所以走得很远,免得打扰他欣赏眼前这片小小的草原。她总是这么体贴,他想。在她知道的、读过的或听说过的任何事情上。

当他来到她身边时,他已经失去了激情,这不是她的错。一个女人怎么会知道你说的话毫无意义,只是出于习惯,只是为了舒适?在他不说真话之后,他的谎言对女人更有效了,比之前说真话的时候还要成功。

与其说他在撒谎，不如说他已经没有真话可说了。他有过自己的人生，但那已经结束了，但他又继续和不同的人一起生活，有了更多的钱，去了一些最好的老地方，还有一些新地方。

你避免去思考，一切就都奇妙无比。你有坚强的内心，所以你没有像大多数人那样崩溃。既然你已经无法再做那些工作，你就假装对曾经的工作毫不在意。但是，在内心深处，你对自己说你会写写那些人，那些有钱人；你实际上并不属于他们，只是他们中间的间谍；你会离开这里，写下这一切，并且这一次是由一个了解内情的人来写。但他永远不会这样做，因为不写作的每一天，舒适的每一天，成为他所鄙视的人的每一天，都在削弱着他的写作能力和意志，最终，他完全放弃了工作。而在他不工作的时候，那些他现在认识的人变得让人舒服了很多。非洲是他生命最好的时光中最让他快乐的地方，所以他来到这里，试图重新开始。这次狩猎之旅，他们尽量不讲究舒适，但也不艰苦，只是谈不上奢华。他认为通过这种方式可以重新恢复状态。他希望以这种方式消耗掉灵魂的懒散，就像拳击手去山里锻炼和训练，以便燃烧掉体内的脂肪一样。

她喜欢这种生活。她说过,她爱这种生活。她爱任何令她兴奋的东西,爱换个环境,爱新的面孔和令人愉快的地方。而他也恍惚感到重新获得了工作的力量。如果这就是结局,他知道这就是,他绝不能像蛇那样,因为背脊断了就转过头来咬自己。这不是这个女人的错。即便不是她,也会有另外一个人。如果他靠谎言生活,就应该试着靠谎言死去。他听到山那边传来一声枪响。

她的枪法很好,这个好心的、有钱的臭女人,这个他的才能的照护人和摧毁者。胡扯。是他自己毁了自己的才华。为什么要责怪这个女人呢,就因为她让他过得衣食无忧?是他自己毁了自己的才华,因为他不再施展它,因为他背叛了自己和心中的信念,因为他喝酒太凶,磨钝了感知力,因为懒散,因为懈怠,也因为势利、傲慢和充满偏见,因为不择手段。这是什么?一张旧书单?他的才华到底是什么?那确实是才华,但他没有利用它,而是用它做了交易。问题不是他做过什么,而是他能做什么。他选择了靠其他方式谋生,而不是用笔。每当他爱上一个女人,那个女人总是比上一个更有钱。这很奇怪,不是吗?但是当他不再爱的时候,当他只是撒谎的时候,就像对现在的这个女人,她是最有钱的一个,有的是钱,有过丈夫和孩子,有过不欢而散的情人,她却深深地爱着他,把他视为一个作家、一个男人、一位伴侣和一份骄傲的财产。奇怪的是,虽然他完全不爱她,对她满嘴谎言,却能为了她的钱做得更多,比他真心恋爱时还多。

我们做什么必然是命中注定的,他想。不管如何谋生都需要依靠天赋。他一辈子都在出卖自己的生命力,以这样或那样的方式,而当你不用付出太多感情时,反而能提供更高的性价比。他发现了这一点,但到现在也没有写下来。是的,他不会写这个,尽管这非常值得一写。

现在,她出现在视线中,正穿过空地走向营地。她穿着马裤,拿着步枪。两个男孩扛着一只羚羊,跟在她后面。她依然是个好看的女人,他想,身材也不错。她在床上很有天赋,并且享受其中。她并不漂亮,但他喜欢她的脸。她阅读广泛,喜欢骑马和打猎,当然,她酒喝得太多了。她丈夫去世时,她还是个相对年轻的女人。有一段时间,她一心扑在两个刚长大的孩子身上,尽管他们并不需要她,甚至因为她在身边而尴尬。再后来,她把精力投入到马、书籍和酒瓶中。她喜欢在晚饭前的傍晚阅读,边读边喝苏格兰威士忌和苏打水。晚餐之前,她就已经醉醺醺的了，晚餐时再喝上一瓶葡萄酒，她就可以倒头睡了。

那是在她有情人之前。有情人后，她不再喝那么多酒了，因为她不用再靠喝醉入睡了。但是情人们让她感到厌烦。她嫁给过一个从未让她厌烦的男人，而这些人却让她感到无聊。

后来，她的其中一个孩子在飞机失事中丧生。在这之后，她不再需要情人，而因为喝酒不能麻醉自己，她不得不重新开始另一种生活。突然之间，她非常害怕孤独。但是，她想找个她尊重的人陪伴在身边。

开始很简单。她喜欢他写的东西，一直羡慕他所过的生活。她认为他过得随心所欲。她一步步赢得了他的心，并且最终爱上了他，这一切都是她在重新构建新生活中自然发生的，而他则卖掉了自己旧生活的残余。

他用旧生活换来了安全感和舒适,这一点不可否认,但还换来了什么？他不知道。她会给他买任何他想要的东西，他知道这一点。她还是个非常好的女人。他愿意和她上床，甚至更愿意，因为她更有钱，因为她非常愉快，懂得欣赏，从不无理取闹。而现在，她重新构建的这种生活即将结束，就因为两周前荆棘划伤膝盖时他没有涂碘酒。当时他们正准备上前拍摄一群站立的非洲水羚,它们高昂着头颅,四处嗅探着空气,张开耳朵,聆听任何动静,一有风吹草动就立刻逃进灌木丛。在他拍到照片之前,它们就跑掉了。

现在,她走了过来。

他躺在帆布床上,转头看向她。"嘿。"他说。

"我打了一只公羚羊,"她告诉他,"能给你熬碗好汤,我还会让他们用克林姆奶粉弄些土豆泥。你感觉怎么样?"

"好多了。"

"那不是很好吗?你知道,我就想着你会好些。我离开的时候你睡着了。"

"我睡得很好。你走了很远吗?"

"没有。就在山后转了一圈。我一枪就打中了那只羚羊。"

"你的枪法很好,你知道的。"

"我爱打猎。我爱上了非洲。真的。如果你没事,这是我玩得最开心的一次。你不知道,跟你一起打猎多么有趣。我爱上了这里。"

"我也爱。"

乞力马扎罗的雪

"亲爱的,看到你好些了,你不知道我有多高兴。你之前那个样,我真是受不了。你不会再那样跟我说话了,对吗?答应我?"

"不会了,"他说,"我记不得我说过的话了。"

"你不会毁了我,对吗?我只是一个爱你的中年女人,愿意做你想做的事。我已经被毁过两三次了。你不会再毁我一次了,对吗?"

"我倒是想在床上毁你几次。"他说。

"是啊,那是很棒的毁灭。那是我们应该被毁灭的方式。飞机明天就来。"

"你怎么知道的?"

"我有把握。一定会来的。仆人们已经准备好了木头和草,用来生烟。我今天又下去看了。那里有足够的空间降落,我们在两头都准备好了生烟的东西。"

"你为什么觉得飞机明天会来?"

"我确信它会来。它已经迟到了。到了城里,他们会治好你的腿,然后我们就可以来一些美妙的毁灭,而不是那种可怕的争吵。"

"我们喝杯酒吧?太阳落山了。"

"你觉得你该喝吗?"

"我要喝一杯。"

"那我们一起喝。莫洛！拿威士忌苏打来！"她喊道。

"你最好穿上防蚊靴。"他告诉她。

"洗完澡再穿……"

他们喝着酒，天变黑了。就在天完全黑下来，而光线已经无法瞄准的时候，一只鬣狗穿过开阔地，朝山边跑去。

"那杂种每晚都从这里穿过去，"男人说，"两个星期了，每天晚上都来。"

"每天晚上叫的就是它。我倒不在意。虽说它们是一种肮脏的动物。"

他们一起喝着酒，除了长时间一个姿势躺着的不适，他现在并没有感到痛苦。仆人们生起了火，影子在帐篷上跳跃，他感觉到，他又重新默许这种舒适的投降生活了。她对他很好。下午是他太过残忍和不公了。她是一个好女人，真的很好。就在那一刻，他意识到自己就要死了。

这种感觉突然袭来，不像奔腾的流水或呼啸的大风，而是一种突然弥漫的空虚，带着恶臭的味道。怪异的是，那只鬣狗也沿着这空虚的边缘悄悄地溜了过来。

"怎么了，哈里？"她问他。

乞力马扎罗的雪

"没什么,"他说,"你最好坐到另一边去。上风处。"

"莫洛给你换过药了?"

"是的。我现在只用硼酸膏。"

"感觉怎么样?"

"有点晕。"

"我要进去洗澡了,"她说,"我马上就出来。我会跟你一起吃饭,然后我们把床收进来。"

于是,他对自己说,我们做得很好,不再争吵了。他几乎没和这个女人大吵大闹过,而和他爱的女人,他却吵得很凶,最终总是因为不断的争吵,毁掉了他们之间的一切。他那时爱得太深,要求太多,结果把一切都耗尽了。

他想起那次在君士坦丁堡独自一人时的情景,他是先在巴黎吵了一架才出走的。他整日和妓女厮混在一起,可当一切结束后,他不但未能驱散孤独,反而变得更糟。他写了一封信给她,他的第一个情人,那个离开他的女人,诉说他从未能排遣的寂寞。他在信中写,有一次他在摄政王宫外看到她,竟感到晕头转向,心乱如麻。他会在大道上尾随一个长得像她的女人，害怕发现那不是她，也害怕失去这种感觉。他还写道，他睡的每一个女人，只会让他更想念她。她做过的一切都无关紧要，因为他知道他爱她爱得无法自拔。他在俱乐部写了这封信，完全清醒，将信寄到纽约，请求她回信到他在巴黎的办公室。那样看上去稳妥些。那天晚上，他太想她，心里空荡荡地难受。他在街头游荡，经过马克西姆餐厅时，碰到一个女孩，带她去吃了晚餐。之后，他们去了一个跳舞的地方，她跳得很差劲，他便抛下她，换了一个骚劲十足的亚美尼亚女郎，她的肚子紧贴着他扭动，几乎热得发烫。他打了一架，从一名英国炮兵少尉那里抢走了她。那名炮兵少尉把他叫到外面，两人在黑乎乎的鹅卵石街道上动起手来。他朝炮兵的下巴狠狠地揍了两拳，可是炮兵没有倒下，他知道一场硬仗在所难免。炮兵打中他的身体，然后是眼角。他再次挥动左拳，炮兵倒在他身上，抓住他的外套，撕掉了一只袖子。他朝炮兵的耳后狠狠地砸了两下，然后一把推开他，又用右手给了他一拳。炮兵倒下时头先着地，他听到宪兵过来的声音，便和那个女孩一起逃跑了。他们上了一辆出租车,沿着博斯普鲁斯海峡前往雷米利希萨,绕了个圈子,才在凉爽的夜里回了房,上了床。和看起来的一样,她熟得过头了,但肌肤非常柔滑,像玫瑰花瓣,像甜腻的糖浆,腹部平滑,双乳丰满,甚至不用在屁股下垫枕头。可当清晨的第一缕光线照进来时,一切变得粗俗不堪。他在她醒来之前就离开了,带着一只发青的眼睛去了佩拉宫,少了只袖子的外套只能拿在手里。

当天晚上他去了安纳托利亚,他记得,在随后的旅途中,他整天骑马穿过罂粟地。那些罂粟是用来制造鸦片的,这让他产生了一种奇怪的感觉,似乎丧失了距离感。最终,他到了那个曾和新来的君士坦丁堡军官一起发动攻击的地方,那些军官什么都不懂,炮兵朝着自己的部队开了火,那个英国观察员像孩子似的哭了起来。

那天是他第一次看到死者穿着白色芭蕾舞裙和鞋尖上翘、缀有绒球的鞋子。土耳其人如潮水般不断涌来,他看见穿裙子的男人四处奔逃,军官们朝他们开枪,然后军官们自己也开始逃跑,他同那个英国观察员也跑了起来,一直跑到肺部疼痛,嘴里充满了铁锈味。他们在一些岩石背后停下来,而土耳其人依旧成群地涌来。后来,他看到一些他不曾想象的事情,再后来,他还看到了更糟糕的事情。所以,当他回到巴黎后,他不能谈论这些事情,甚至不能忍受别人提起。就在咖啡馆里,他经过一个美国诗人,面前堆着一堆茶碟,土豆似的脸上一副蠢相,正在和一个罗马尼亚人大谈达达主义运动。那个罗马尼亚人自称特里斯坦·查拉[1],总是戴着单片眼镜,还经常头痛。他和妻子回到公寓,现在他又重新爱她了,争吵已经结束,疯狂也结束了,他很高兴回到家里,而办公室把他的邮件送到了公寓。于是,一天早晨,他写的那封信的回信被放在一只盘子里送了进来。他一看到那手写的字迹,就变得全身冰冷,他想把信藏在另一封信的下面。但他的妻子说:"亲爱的,这封信是谁寄来的?"于是,一

---

[1] 特里斯坦·查拉(Tristan Tzara,1896—1963),罗马尼亚裔法国诗人、作家,是达达主义运动的创始人之一。达达主义是一种反传统、反理性、反艺术的文艺运动,强调荒诞与无意义。查拉以独特的诗歌和戏剧作品,以及对达达主义的推动,成为20世纪先锋艺术的重要人物。他常戴单片眼镜,是达达运动的象征性人物之一。

乞力马扎罗的雪

切刚开始就结束了。

他记得与她们在一起的美好时光,还有争吵。她们总是选在最好的地方吵架。为什么她们总是在他感觉最好的时候争吵?他从未写过这些,因为,首先他不想伤害任何人,后来觉得即便不写这些也有足够的东西可写。但他总想着最终还是会写下来。他有太多的东西要写。他见证了世界的变化,不仅仅是事件,尽管他目睹了许多事件并观察过人们,但他也看到了更微妙的变化,记得人们在不同时期的样子。他身处其中,目睹了一切,觉得有责任写下来。但现在,他永远不会写了。

"你感觉怎么样?"她问。她现在洗完澡从帐篷里出来了。

"还好。"

"能吃点东西吗?"他看到莫洛跟在身后,拿着折叠桌,另一个男孩捧着碗碟。

"我想写点东西。"他说。

"你应该喝点肉汤补充体力。"

"我今晚就要死了,"他说,"我不需要体力。"

"别这么戏剧化,哈里,拜托。"她说。

"你为什么不用鼻子闻闻?我的大腿已经烂到一半了。我为什么还要浪费时间喝汤呢?莫洛,拿威士忌苏打来。"

"求你,喝点汤吧。"她温柔地说。

"好吧。"

汤太烫了。他只好捧着盛肉汤的杯子,等它凉了,然后才把它一口气灌了下去。

"你是一个好女人,"他说,"别再管我了。"

他看着她,那张登上过《激励》和《城市与乡村》的脸无人不知,无人不爱,只是因为饮酒和耽于床笫之欢而稍显憔悴,但《城市与乡村》从未展示过她美丽的双乳,有力的大腿,还有那双轻柔抚摸背部的小手。他看着她,看到她那熟悉而动人的微笑,他感到死神再次来临。这一次没有急促的感觉,而像是一阵微风,吹得烛光摇曳,火焰陡然升高。

"他们过会儿可以把我的蚊帐挂在树上,再把篝火烧旺点。今晚我不进帐篷了。不值得搬来搬去。今晚很晴朗。不会下雨。"

那么,人就是这样死的,在你听不到的低语声中死去。好吧,不会再有争吵了。他可以保证这一点。这个他从未有过的体验,现在他不会去毁了它。也许他会。你已经毁了一切。但也许这次不会。

"你不会速记,对吧?"

"我没学过。"她告诉他。

"好吧。"

当然,时间不够了,虽然似乎可以把一切压缩到一段话里,只要你处理得当。

湖畔的山上,有一间木屋,墙上的缝隙都用灰泥涂成了白色。门边的柱子上挂着一个铃铛,用来招呼人们进去吃饭。木屋后面是田野,田野后面是树林。一排伦巴第白杨从房子那里一直延伸到码头。另一排杨树沿着岬角排列。在树林边缘,有一条通向山间的小路,他在这条小路上摘过黑莓。后来,那间木屋被烧毁了,挂在壁炉上方鹿脚架上的猎枪也烧毁了,枪托烧成了灰烬,只剩下枪管和熔化在弹匣里的铅弹,躺在那一堆灰上,那堆灰原本是给那只制作肥皂的大铁锅熬碱水用的。你问祖父能不能拿枪管去玩,他说,不行。你知道,那仍旧是他的枪。他再也没有买过别的猎枪。再也没有打过猎。现在，木屋在原地重新盖了起来，外面漆成白色。从门廊上，你可以看到白杨树和远处的湖泊；但再也没有枪了。曾经挂在木屋墙上的鹿脚架上的那些枪管，依旧躺在那堆灰上，再没有人去碰过。

战争结束后，我们在黑森林租了一条鳟鱼溪，有两条路可以走到那里。一条是从特里贝格[1]下到山谷，绕过树荫下白色大道旁的山谷小路，然后沿着一条小径上山，经过许多点缀着巨大的黑森林房屋的小农场，直到小路穿过溪流。那就是我们开始钓鱼的地方。

另一条路则是陡直地爬到树林边缘，穿过山顶的松林，来到一片草地的边沿，越过这片草地下山，来到一座桥上。溪边生长着白桦树，溪流不大，显得狭窄、清澈而湍急，在桦树的根部形成了池塘。在特里贝格的旅馆，老板那年的生意很好。我们都很愉快，成了很好的朋友。第二年，通货膨胀来了，

---

[1] 特里贝格（Triberg），位于德国黑森林地区，以美丽的瀑布和传统的布谷鸟钟闻名。

乞力马扎罗的雪

老板前一年赚的钱甚至不足以应付开店的成本，于是他上吊自杀了。

你可以口述这些，但你无法口述护墙广场的景象：卖花小贩在街上给花染色，染料流到人行道上，公共汽车从那里开出，总有醉醺醺的老人和女人，喝了太多葡萄酒和劣质果渣白兰地；孩子们在冷风中流着鼻涕；在业余者咖啡馆里，充满了污秽的汗味、贫穷和醉酒的气息，楼上住着在舞厅里卖淫的妓女。门房女人在她的小房间里招待共和国卫队的士兵，他那插着马鬃的头盔放在椅子上。对门住着一位房客，她的丈夫是自行车手，那天早上她在奶酪店里打开《机车报》，看到丈夫在环巴黎自行车赛中获得第三名时欣喜不已，那是他的第一场重要比赛。她涨红了脸，大声笑着，然后抓着那份黄颜色的体育报纸哭着上楼去了。舞厅老板娘的丈夫是出租车司机，每当哈里要赶早班飞机时，她丈夫就会敲门叫醒他，他们在酒吧的镀锌吧台边每人喝上一杯白葡萄酒才出发。那时候，他和街坊邻居很熟悉，因为他们都很穷。

在护墙广场周围有两种人：醉鬼和运动狂。醉鬼靠喝酒来摆脱贫困，而运动狂则通过锻炼来释放压力。他们是巴黎公社社员的后代，对他们来说，了解自己的政治立场毫不费力。他们知道凡尔赛军队进城并占领这座城市后，是谁杀死了他们的父亲、亲戚、兄弟和朋友，凡是手上有茧、戴帽子或有任何工人标志的人都被处决。在这样的贫困中，在这个街区，对面是马肉铺和葡萄酒合作社，他开始了写作生涯。巴黎再没有什么地方让他如此热爱，恣意生长的树木、底部刷成棕色的白色老房子、环形广场上长长的绿色公共汽车、人行道上的紫花染料、从山上陡然降至塞纳河边的勒穆瓦纳主教街，另一边则是穆费塔街狭窄拥挤的世界。那条通向先贤祠的街道，还有另一条他总是骑车经过的街道，那是这个街区唯一的柏油路，车轮骑在上面很顺滑，两旁是又高又窄的房屋，还有那家高高的廉价旅馆，保尔·魏尔伦[1]就死在那里。他们住的公寓只有两

---

[1] 保尔·魏尔伦（Paul Verlaine，1844—1896），法国象征主义诗人，以其抒情诗和对象征主义文学运动的贡献著称。他与诗人兰波的复杂关系和动荡生活使他成为浪漫主义和象征主义文学的重要人物。魏尔伦的代表作包括《无言之歌》和《平行集》。他死于1896年，埋葬于巴黎巴蒂尼奥勒公墓。

个房间,而他在旅馆顶楼租下了一个房间,每月六十法郎,他在那里写作,抬头就可以看到屋顶、烟囱和巴黎所有的山丘。

从公寓里,你只能看到卖木柴和煤炭的商铺。也卖酒,但都是劣质酒。外面有个金马头标志的马肉店,敞开的窗户里挂着黄灿灿和红彤彤的马肉。旁边是刷成绿色的葡萄酒合作社,他们在那里买酒,又好又便宜。其余的都是石膏墙和邻居们的窗户。晚上,每当有人醉倒在街上,发出呻吟和哀叹,那种法国人矢口否认的法式大醉,邻居们就会打开窗户,然后开始窃窃私语。

"警察在哪里?平时不需要他的时候,这家伙总在那里。他在和某个门房女人睡觉。去找警察来。"直到有人从窗口泼出一桶水,呻吟声才停止。"那是什么?水。啊,这很聪明。"然后,窗户都关上了。玛丽,他的女佣,抱怨八小时工作制时说:"如果丈夫工作到六点,他在回家的路上只会喝得微醺,不会浪费太多钱。要是他只工作到五点,那他就会每天晚上都喝醉,把钱喝得精光。工作时间缩短,受罪的是工人的妻子。"

大双心河

"不想再喝点汤吗?"女人现在问他。

"不,谢谢你。汤非常好。"

"再喝一点吧。"

"我想要杯威士忌苏打。"

"这对你不好。"

"没错,这对我不好。科尔·波特[1]写的,作词作曲。'知道你正为我疯狂'。"

"你知道我喜欢你喝酒。"

"哦,是的。只是喝酒对我不好。"

她走后,他想,我会得到我想要的一切。不是我想要的一切,而是我有的一切。唉,他累了。太累了。他想小睡一会儿。他静静地躺着,死神不在身边。它一定是到了另一条街上。死神成对出现,骑着自行车,悄无声息地走在人行道上。

是的,他从未写过巴黎。没写过他喜欢的那个巴黎。但那些他从未写过的其他地方呢?

---

[1] 科尔·波特(Cole Porter,1891—1964)是美国著名作曲家和词作家,以其创作的许多百老汇音乐剧和好莱坞电影配乐而闻名。《这对我不好》中有一句歌词:"知道你正为我疯狂"。

牧场、银灰色的鼠尾草丛、灌溉沟渠中的清澈流水，还有浓密的紫花苜蓿呢？小径通向山丘，夏天的牛像鹿一样害羞。秋天把牛群赶下山时，那哞哞的叫声、一刻不停的喧闹声，还有缓慢移动的牛群扬起的尘土。群山背后，峰峦在傍晚的光线下清晰锐利，月光下沿着小径骑马下山，山谷中一片皎洁。此刻，他想起在黑暗中穿过树林，路上什么也看不见，只能紧紧地揪住马尾巴。他想起所有原本打算写的故事。

那个智力低下的打杂男孩，有一次被留在牧场上，被叮嘱不要让任何人拿走干草。从福克斯村来了个老杂种，进来想拿些饲料。男孩拒绝了，老头儿威胁说要再揍他一顿。男孩以前为他干活时，老杂种就揍过他。男孩从厨房里拿出步枪，当老头儿试图闯进谷仓时，开枪打死了他。等他们回到牧场时，老头儿已经死了一个星期了，尸体在畜栏里冻得僵硬，被狗啃掉了一半。你把剩下的尸体用毯子裹起来，捆在雪橇上，让男孩帮你一起拖，你们两个滑着雪橇上路，把尸体拖到六十英里外的镇上，你把男孩交给警察。男孩不知道自己会被抓，他以为自己履行了职责,而你是他的朋友,他会得到奖励。他帮忙把老头儿的尸体拖进城里,好让大家都知道老头儿有多坏,他试图偷窃不属于他的饲料。当治安官给男孩戴上手铐时,他还是无法相信会发生这种事。他哭了起来。这是他留着准备写的一个故事。他知道至少二十个发生在那里的好故事,但他从未写过任何一个。为什么?

"你告诉他们为什么。"他说。

"什么为什么,亲爱的?"

"没什么。"

自从有了他后,她喝酒没那么多了。但他现在知道,如果他活着,他永远不会写到她。也不会写到她们中的任何一位。有钱人很乏味而且喝得太多,要不就是整天玩双陆棋。他们既乏味又絮叨。他记得可怜的朱利安,以及他对这些有钱人浪漫的敬畏感。朱利安曾写过一个故事,开头是:"富人与你我不同。"有人对朱利安说,是的,他们更有钱。但对朱利安来说,这并不好笑。他认为富人是拥有特殊魅力的族群,当他发现并非如此时,他被击垮了,就像他被其他事情击垮时一样。

他一向瞧不起那些被击垮的人。你不必去喜欢,因为你了解是怎么回事。他觉得,自己能战胜一切,因为只要他不在乎,就没有什么能伤害他。

好吧。现在他不惧怕死亡了。他一直害怕的是疼痛。他能像任何男人一样忍受疼痛,除非疼痛持续得太久,把他拖垮。但在这里,他遇到了某种极其疼痛的东西,正当他感到就要被撕裂的时候,疼痛却停止了。

他记得很久以前的一个夜晚,轰炸官威廉森钻过铁丝网回营地的时候,被德国巡逻兵扔来的手榴弹击中。威廉森尖叫着,求大家杀了他。威廉森是个胖子,非常勇敢,是个好军官,尽管他总喜欢炫耀。但在那天晚上,他被困在铁丝网上,一颗照明弹照亮了他,他的肠子都流了出来,挂在铁丝网上。他还活着,当他们要把他抬进来时,不得不剪断他的肠子。"打死我,哈里。看在上帝的分儿上,打死我。"他们曾经讨论过一个理论,说上帝永远不会给你无法承受的痛苦。有人认为,这意味着到了某个时候,疼痛会自动消失。但他总是记得那晚的威廉森。什么都没有消失,直到他把自己一直留着备用的吗啡片都给了威廉森,而那些吗啡片却没有立即起效。

现在他倒是感觉很轻松。假如接下来没有更糟的事情发生,那就没什么好担心的。他只是希望身边有更好的人陪伴。

他稍微想了一下自己喜欢的那种陪伴。

不行了,他想,你每做一件事情,总是做得太久,也做得太晚,你不可能指望人家还在那儿。人家全走了。聚会结束了,现在只剩下你和女主人。

我开始对死亡感到厌倦了,就像对其他事情感到厌倦一样,他想。

"这真无聊。"他大声说。

"什么无聊,亲爱的?"

"任何拖得太久的事。"

他看着她的脸,那张在他和篝火之间的脸。她靠在椅子上,火光温柔地照在她那线条动人的脸上。他看得出她有些困了。他听到一只鬣狗在火光照不到的地方发出声响。

"我一直在写东西,"他说,"但我累了。"

"你觉得你能睡着吗?"

"很确定。你为什么不去睡呢？"

"我想坐在这里陪你。"

"你感觉到有什么异样吗？"他问她。

"没有，只是有点困。"

"我感觉到了。"他说。

他刚刚感觉到死神又来了。

"你知道吗，我唯一从未失去的就是好奇心。"他对她说。

"你什么都没失去过。你是我认识的最完整的人。"

"天啊，"他说，"女人知道得太少了。这是什么？你的直觉吗？"

因为，就在刚才，死神来了，头靠在床脚，他能闻到它的气息。

"千万别相信那些镰刀和骷髅的说法，"他告诉她，"它可以轻易地变成两个骑自行车的警察，或者一只鸟。或者长着鬣狗那样的宽鼻子。"

它现在爬上来了，但已经没有形状。它只是占据着空间。

"让它走开。"

它没有走开，反而靠得更近了。

"你的气味真是难闻死了,"他对它说,"你这个恶臭的混蛋。"

它又靠近了一些,现在他已经无法对它说话。当它发现他无法说话时,它又靠近了一些。他试着不说话就赶走它,但是它爬到了他的身上,将全部重量压在他的胸口。它趴在那里,压得他无法动弹,也说不出话,他只听见女人说:"先生睡着了,把床抬到帐篷里去,轻点。"

他没法开口叫她把它赶走,现在它趴在他的身上,越来越重,他快无法呼吸了。接着,就在他们抬起帆布床的一瞬,一切突然好了,他胸口的重量消失了。

现在是早晨,天已经亮了一段时间,他听到飞机的声音。飞机看起来很小,在空中画了一个大圈,男孩们跑出去点火,先用煤油点燃,再堆上草,这样两头各升起一团浓烟,晨风把烟吹向营地。飞机又低飞了两圈,接着向下滑翔,平稳地降落。走向他的是穿着便裤和粗花呢夹克,戴着棕色毡帽的老康普顿。

"怎么了,老兄?"康普顿问道。

"腿受伤了,"他告诉他,"你要吃点早餐吗?"

"谢谢。喝口茶就行。你知道,这是一架普斯蛾式

乞力马扎罗的雪

197

飞机。我没法带上夫人。只能坐一个人。你的卡车在路上了。"

海伦把康普顿叫到一旁说话。回来时康普顿显得开心了一些。

"我们得马上把你抬上飞机，"他说，"我会再回来接夫人。恐怕我还得在阿鲁沙停一下，加点油。我们最好现在出发。"

"茶呢？"

"你知道，我也不是真的想喝茶。"

男孩们抬起床，绕过绿色的帐篷，沿着岩石一路下到平原，经过现在烧得正旺的浓烟堆，草已经烧尽，风助长着火势，他们一直走到小飞机那里。把他抬进机舱很费劲，一进飞机他就躺在皮座椅上，伤腿直挺挺地伸到康普顿的座位旁。康普顿启动引擎，坐上飞机。他向海伦和男孩们挥手告别，当引擎的咔嗒声变成熟悉的轰鸣声时，他们掉了个头。康普顿注意着疣猪洞，飞机在两个火堆之间的平地上轰鸣着，颠簸着，在最后一次颠簸后冲上天空。他看到他们都站在下面，挥着手，营地就在山边，逐渐变得扁平，而平原在眼前铺展，一簇簇的树木和灌木丛也逐渐变得扁平，动物的足迹现在都清晰地通向干涸的水坑，还有一片他从未见过的新水域。斑马的背部现在显得又小又圆，角马像大头的黑点，正在以长长的手指的形状，成排地穿过草原。当飞机的影子逼近时，它们四散奔逃。现在，它们更小了，甚至看不出在奔跑。目光所及之处，平原一片灰黄，而前面是老康普顿的粗花呢背影和棕色毡帽。很快，他们飞过第一片山脉，角马正成群地向上爬，然后他们飞过了山脉，深谷里突然出现绿色的森林，山坡上生长着茁壮的竹子，然后又是浓密的森林，遍布在山峰和山谷之间，直到他们飞过那里，山岭渐渐向下倾斜，然后是另一片平原，现在热气蒸腾，呈现出褐紫色。飞机在热浪中不断颠簸，康普顿回头看了看他的情况。前方出现了另一片暗沉的山脉。

然后，他们没有继续前往阿鲁沙，而是向左转。显然，他估摸他们的燃料够用。向下看时，他看到一片粉红色的云雾正掠过大地，而在空中，像是不知从哪里来了暴风雪的第一阵疾雪，他知道那是蝗虫正从南方飞来。接着他们开始爬升，似乎正向东飞去，天色突然变暗，他们闯进了一场暴风雨，雨水如注，仿佛在穿越瀑布。当他们飞出来后，康普顿转过头，咧嘴一笑，伸手指了指。

乞力马扎罗的雪

那里,就在前方,他看到的,是宽广如整个世界,宏大,高耸,在阳光下闪耀着不可思议的洁白光芒的乞力马扎罗的方形山顶。那一刻,他知道,那就是他正在去往的地方。

就在那时,夜里的鬣狗停止了呜咽,开始发出一种奇怪的、几乎像是人在哭泣的声音。女人听到了,不安地翻了个身。她还没有醒。在梦中,她在长岛的房子里,那是她女儿初次进入社交界的前夜。奇怪的是,她的父亲也在,举止十分粗鲁。接着,鬣狗的声音太响了,她醒了过来,一时间不知道自己身在何处,感到非常害怕。她拿起手电,照向另一张帆布床。哈里睡着以后,他们把床抬了进来。她能看到他在蚊帐里的身影,但不知怎么的,他的腿伸了出来,挂在床边。绷带都散开了,她无法直视那条腿。

"莫洛,"她喊道,"莫洛!莫洛!"

然后她叫道:"哈里,哈里!"她的声音越来越高:"哈里!求你了。哦,哈里!"

没有回答,她也听不到他的呼吸声。

帐篷外,鬣狗还在发出刚才吵醒她的那种奇怪的声音。但她的心怦怦跳着,什么也听不见。

© 中南博集天卷文化传媒有限公司。本书版权受法律保护。未经权利人许可，任何人不得以任何方式使用本书包括正文、插图、封面、版式等任何部分内容，违者将受到法律制裁。

图书在版编目（CIP）数据

大双心河 /（美）欧内斯特·海明威著；刘子超译. -- 长沙：湖南文艺出版社, 2025.3. -- ISBN 978-7-5726-2194-9

Ⅰ. I712.45

中国国家版本馆CIP数据核字第2025Y46H81号

上架建议：经典文学·小说

DA SHUANG XIN HE
大双心河

著　　者	［美］欧内斯特·海明威
译　　者	刘子超
出 版 人	陈新文
责任编辑	张　璐
监　　制	张微微
策划编辑	李　乐
	沈梦原
特约编辑	张　雪
营销编辑	王　睿
装帧设计	苗　倩
出　　版	湖南文艺出版社
	（长沙市雨花区东二环一段508号　邮编：410014）
网　　址	www.hnwy.net
印　　刷	北京中科印刷有限公司
经　　销	新华书店
开　　本	815 mm×1120 mm　1/32
字　　数	105千字
印　　张	6.5
版　　次	2025年3月第1版
印　　次	2025年3月第1次印刷
书　　号	ISBN 978-7-5726-2194-9
定　　价	45.00元

若有质量问题，请致电质量监督电话：010-59096394
团购电话：010-59320018